VICTORY NOVELS

新生！ 最強信長軍

上 本能寺で死せず

中岡潤一郎

電波社

この作品はフィクションであり、登場する国家、団体、人物などは、
現実の国家、団体、人物とは一切関係ありません。

もくじ

新生！最強信長軍（上）——本能寺で死せず

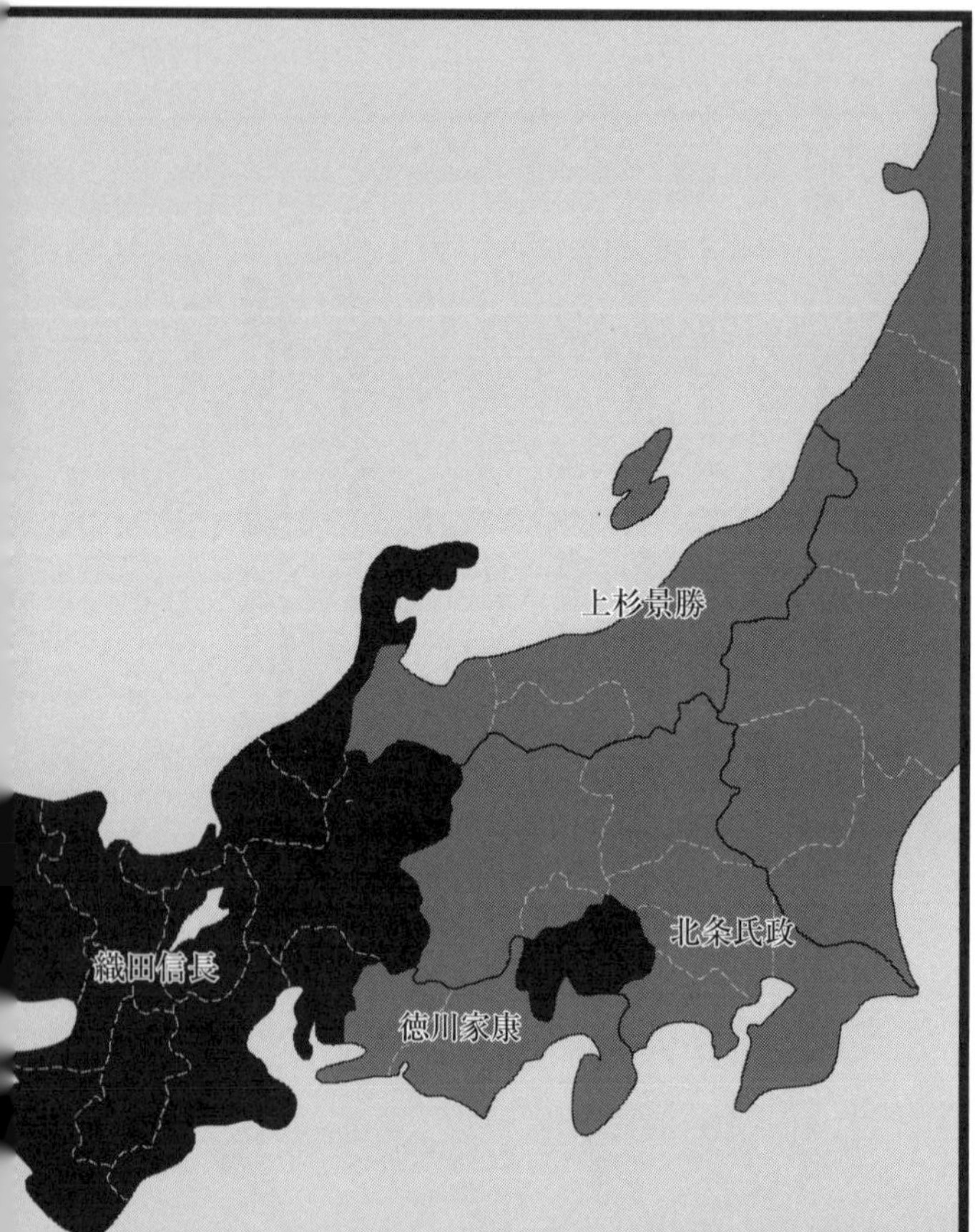
上杉景勝
織田信長
北条氏政
徳川家康

天正一〇年九月現在の勢力図

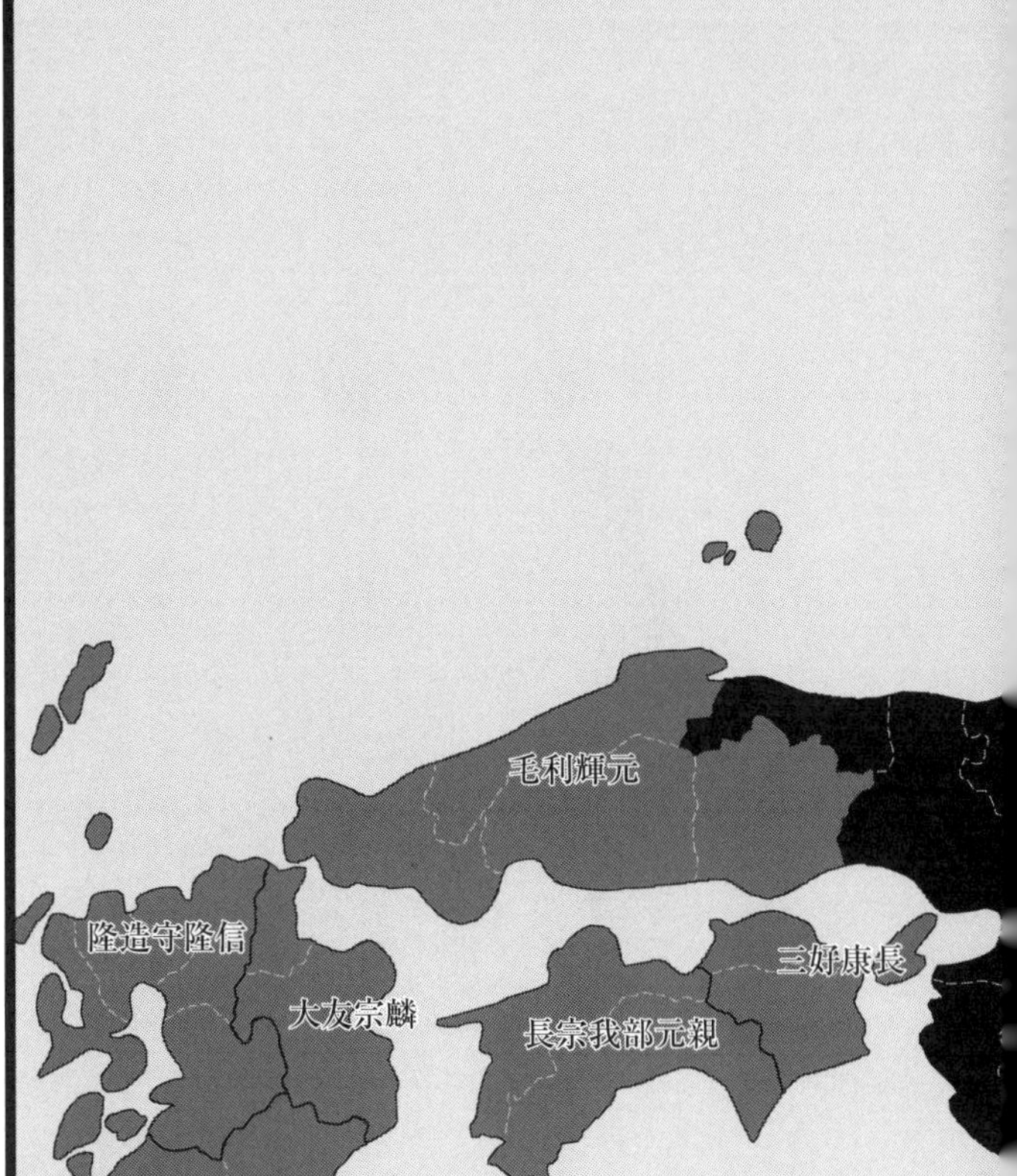

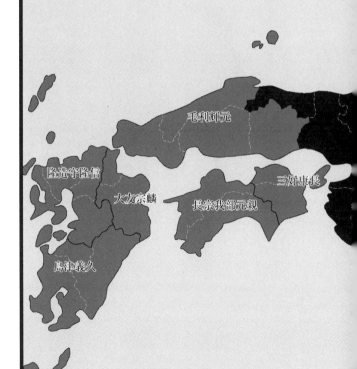

序章　終わりからのはじまり

天正《てんしょう》一〇年（一五八二年）六月六日　京都

「これは、本当のことなのか」

その文章を読んで、光明寺《こうみようじ》一久《いちひさ》は、思わず声を張りあげた。

書面に並んだ文字は不思議と頭に入ってきたが、内容をにわかに信じることはできなかった。

ありえない。

衝撃的すぎる。

この世界で、自分が何者であるかを知った時と同等、あるいは、それ以上のサプライズだ。

「信じられぬ。まさか、このようなことが」

「間違いありませぬ。すべて真のことで」

水色の肩衣《かたぎぬ》をまとった武家が応じた。両手の拳を板間につけて、頭を下げている。

表情はわからないが、渋い声からその思いを察することはできる。

彼もまた、その事実を憂慮していた。

「それが織田家《おだけ》の内情でございます」

武家は先をつづける。

「手前が調べたかぎりでも、それだけの亀裂が明らかになっております。詳しく調べれば、さらに多くのもめ事が出てきましょう。それは、もはや、抑えようがございません」

「では、そうだとしたら……」

一久は懸命に声を絞りだした。

「おぬしが乱が起こさずとも、織田家は内側から崩れていたということになる。この二、三年のうちに。もっとひどい形で。そうであろう。明智《あけち》日《ひゅ》向守《うがのかみ》光秀《みつひで》」

「さようで」

光秀は頭を下げたまま応じる。

あの明智光秀が目の前にいる。

出自《しゅつじ》も定かでない流浪の武士でありながら、いつしか将軍足利義昭《あしかがよしあき》の側近となり、義昭が織田信《のぶ》長《なが》に叛旗《はんき》を翻《ひるがえ》すと、その信長に仕《つか》え、その才覚を存分に振るった。

畿内の戦いで功績をあげ、ついには丹波《たんば》一国を与えられて、織田家の重臣として、天下にその名が知られるようになった。

信長の信頼は極めて厚い武将であったが……。

天正一〇年六月二日、京に押し寄せ、信長とその息子である織田信忠《のぶただ》を討った。

いわゆる、本能寺《ほんのうじ》の変の首謀者であり、その後の歴史を大きく変えることになった張本人である。

その人物が、一久の目の前に座って頭を下げていた。

現実味は乏しいが、これは事実だ。

何度も膝をつねって出血するほどの痛みを感じているのにもかかわらず、目の前の光景は変わっていないのだから。

「織田家は、常々、問題を抱えておりました」

光秀は、頭を下げながら、なおも話をつづける。

「上様は、身内や譜代の臣を大事になさっており、儀礼の際にも、彼らを優遇しておりました。我らのような外様は後回しにされてばかりで、不満を持つ者も数多くおったのです。領地も一族や側近に美濃《みの》や近江《おうみ》の良田を回しており、我らとの間には大きな差がありました」

「…………」

「家の事情もあります故《ゆえ》、ある程度はやむを得ぬと思っていましたが、この数年、それがひどくなり、あからさまに身内を丁重に扱い、外様の者は切りすてる姿勢をみせるようになり、家中は抑えきれなくなりました」

「荒木村重《あらきむらしげ》や松永久秀《まつながひさひで》のことか」

「さようで。あの者たちが乱を起こしたのも、上様の無下な扱いがあってのことです」

光秀が示した文面には、松永久秀が乱を起こした経緯が記してあった。

織田一門と対立し、讒言《ざんげん》されたことが理由の一つで、それを無造作に信長が受けいれて、久秀を追い込んだからこそ、自分の命を守るために兵を挙げたとある。

はじめて聞く話だった。そんな記述が歴史書に記されたことはなかった。

何もかもが違う。彼が知っていた歴史と大きくかけ離れている。

「ですが、それで終わっていれば、まだ耐えることができました。外様の扱いはよいものでありませんでしたが、功績を挙げた者に対しては、正しく報いてくれたのですから。上様は、その点だけは正しく、だからこそ、我らもその後に従っててついていくことができたのです」

光秀の声が一段と低くなった。

それは、彼の情念が、肉体という殻を突き破って、表面に出てきたことを意味した。

「ですが、この一年で、上様は大きく変わられました。武田《たけだ》征伐の時には、それは明らかになっていましたが、その前から兆しはあったのです。佐《さ》久間《くま》殿を追い出した時もそうですし、京からの使者に無礼な振る舞いをしたのもそうです。何より、一門や側近の者を近くに置き、遠国で働く者の言葉をまったく聞かぬようになりました。京や近江を離れることもひどく減りました。それは……」

「言うな。よせ」

一久は手を振った。

つい声が大きくなってしまったのは、一久の心が間欠泉のようにこみあげてくる記憶に刺激されたからだ。

安土城《あづちじょう》の一角で繰り広げられた酒宴。その情景が彼の脳裏をよぎる。

無礼講で、小姓も女も好きなようにふるまっていた。声をあげて騒ぎ立て、浴びるように酒を飲み、珍味を食している。女に抱きついた小姓が、笑いながらその女を奥へと連れて行く。

狂乱の酒席を目の前にして、笑い声が響く。それは、あの織田信長の声だった。

それは、嫌でもわかる。なぜならば、今の自分とまったく同じ声だったからだ。

痛みが胸の奥に走り、一久は首を振った。

「ありえない。こんなこと、あってはならない」

こんなものは違う。

織田信長が穢《けが》れた存在であってはならない。信長とはもっと気高《けだか》く、猛々《たけだけ》しく、苛烈《かれつ》であるべきだ。堕落などあってはならない。

こんな男、認めることはできない。

「どうかなさいましたか」

光秀が顔をあげて、一久を見ている。

整った顔立ちには憂《うれ》いが感じられた。

まさか、彼も一度は討つべきと定めた相手とこうして話をするとは考えていなかっただろう。

しかも、その中味がまったくの別人と入れ替わっているとは予想もしなかったはずだ。

だが、受けいれてもらわねばならない。

光秀の協力がなくては、大きな目標を果たすことはできないのであるから。

一久は、今、戦国時代におり、光秀と話をしている。彼に頭を下げられる人物として。

五日前には二〇二三年の世界にいたのに、今はこうして一五八二年六月の世界で暮らしている。ありえないことだが、これもまた事実だった。

光明寺一久は、織田信長に転生した。

本能寺に光秀が押し寄せる直前の、彼の想像とはまったくかけ離れた信長に。

胸に痛みを感じながら、一久は光秀との話を再開した。やるべき事は無数にあった。

第一章　新たなる回天

一

天正一〇年九月一五日　安土城

羽柴筑前守秀吉《はしばちくぜんのかみひでよし》は、大広間につづく広縁で足を止めると、天井を見あげた。

優雅に羽ばたく鳳凰《ほうおう》がそこにはある。

朱に塗られた翼は大きく広げられ、長い首はゆるやかに上を向いて、高みを目指している。輝く尻尾は金色で、ゆるやかな曲線を描いている。

狩野永徳《かのうえいとく》が書きあげた傑作で、はるかな天に向かって飛ぶ姿は、さながら生きているかのように見えると評されている。

朝廷からの使者も天井を見あげて感嘆の声をあげ、一様に褒め称えていた。

鮮やかに舞う鳳凰を見ながら、秀吉は口元を歪《ゆが》めた。

「誰が見たわけでもあるまいに」

美しい絵であることは認めるが、安易に褒めるのはいかがなものか。

鳳凰は中華の国の奥深くに住む伝説の霊鳥であり、聖王の登場と共に人の世に姿を見せる。麒麟《きりん》、霊亀《れいき》、応竜《おうりゅう》と並び称され、その卵を食べれば、不老不死を得ると言われる。

古来より、日の本でも尊ばれており、宇治平等院《うじびょうどういん》にはその名を冠した阿弥陀堂《あみだどう》が五〇〇年の昔からそびえ立っている。

馬鹿馬鹿しいと秀吉は思う。誰も見たことがない化物を敬って何が楽しいのか。何の利益にもなるまい。

仏像はまだ人を集め、金を吸いあげるきっかけになるからよいが、絵に描かれただけの鳳凰に何の意味があるのか。

鳳凰を見たわけでもないのに、なぜ、生きているようだと言えるのか。追従にも程がある。

秀吉が強く手を握ると、廊下の角を曲がって、水色の素襖《すおう》を身にまとった武家が姿を見せた。烏帽子《えぼし》をかぶり、ゆるやかに歩く姿には隙《すき》がない。いつもとまったく変わらない。

ひどく忌《い》ま忌ましく思えたが、顔には出さず、秀吉はいつもと同じく陽気な声で語りかけた。

「やあ、日向殿、久しぶりでございますな」

明智日向守光秀は秀吉に気づくと、歩み寄ってきて静かに頭を下げた。

「これは、筑前殿、ご無沙汰しております」

「最後に会ったのはいつであったかな」

秀吉は、首をひねった。

「ああ、徳川《とくがわ》殿を饗応《きょうおう》した時ですから、五月でございましたか。もう四ヶ月も前のことですなあ」

「さようで」

「あれからいろいろありましたな。北条《ほうじょう》勢に攻められて、上野《こうずけ》のお味方が追い込まれたり、越中《えっちゅう》で国一揆が起きて、その平定に手間取ったり。ああ、そこもとの軍勢が京に乱入して騒ぎを起こしたこともありましたな」

秀吉は目を細めた。

「あれは、確か六月の頭でしたなあ。本能寺の本堂が焼けて、妙覚寺《みょうかくじ》も大変なことになったとか」

「あれは、我の不徳ゆえの乱行。上様には、ご迷惑をおかけしました」

「中将《ちゅうじょう》様にもな。その時の怪我がいまだ癒《い》えぬと伝え聞いておりますぞ」

皮肉めいた口調を使ったが、光秀は頭を軽く下げただけで、何も言わなかった。うまくいなされているように思える。

「あれから、上様も姿を見せておられぬ。もう三ヶ月になるのに、何をしているのか皆目、見当がつかぬ有様。日向殿は、何か聞いておらぬか」

「これと言って。京から離れていたという話は聞きましたが……」

なるほど、しらを切るつもりか。

たいしたものだ。

この三ヶ月、光秀が大和《やまと》の地で人と会っていたという話は、秀吉もつかんでいた。堺《さかい》の商人からも聞いたし、丹羽長秀《にわながひで》の家臣から書状も得ていたので、それは間違いない。

相手は何者かわからなかったが、信長が三ヶ月にわたって雲隠れしていたという事実を踏まえれば、おおよそ察しはつく。

だが、なぜ、この二人が密かに会わなければならなかったのか。いったい何を話して、この先、どうするつもりなのか、秀吉にはわからなかった。

最後に会った時、信長は光秀を排除する旨を示していた。丹波を森乱丸《もりらんまる》にまかせて、光秀には因《いな》幡《ば》か出雲《いずも》を与えると語っていたことからも、信頼が薄れていたのは明らかだった。

にもかかわらず、いまだに二人が密談をつづけているとすれば、何か裏がある。

些細《ささい》な事柄でも裏を取り、それを踏まえて行動するのが秀吉のやり方だ。

これまでも信長の意向を慎重に確かめてきたからこそ、近江長浜《ながはま》のみならず、播磨《はりま》一国を賜《たまわ》り、織田家の一翼を支える重臣として、活躍できている。一歩でも間違っていたら、佐久間信盛《のぶもり》のように織田家から放逐されていた。

「まあ、いい。そのあたりも今日、上様に会えば、はっきりする」

秀吉は廊下の先を見つめる。

「上様が、家臣を一堂に集めるのは珍しい。各々《おのおの》に声をかけて、安土に呼び寄せるのが常であったからな。よほどの大事、おそらく、織田家の今後について語られることになるでしょうな。我らがこの先、どこで働き、何をすればよいのか、ここでわかるのではありませぬかな」

「こちらとしては何とも」

「楽しみでございますな。日向様も、上様に訊いておきたいことは山ほどございましょう」

「この場では申しあげにくいですな」

光秀の表情は硬いままだった。本心を悟られまいとしているのか、それとも他に理由《わけ》があるのか。秀吉の目をもってしても、よくわからない。

腹のたつことだが、あまり気にしていても仕方がない。

まずは、上様と会うこと。

すべてはそこからはじまる。

若い小姓が信長の到来を告げたところで、家臣は、いっせいに頭を下げた。秀吉もそれに倣《なら》う。

奥の板戸が開いて、気配が現れた。二手に分かれた家臣の間をゆっくり抜けていく。

いつもより、足さばきは固く、息も浅い。緊張しているようで、これは珍しい。

気配が上座に達したところで、声がした。

「面《おもて》をあげよ」

秀吉が顔をあげると、紫の素襖をまとった信長が框《かまち》に座っていた。

以前より頬の肉が落ちており、髪には白髪が目立つ。血色はよく、声には張りがあるが、瞳の輝きには揺らぎがある。

秀吉は、微妙な違和感をおぼえた。

どうもおかしい。最近の信長とも、それ以前ともどこか違う……。

顔や体つきは同じだが、何か別物のように思われる。それはどういうことか。

上目遣《うわめづか》いで見る秀吉の前で、信長は大広間の家臣を見回した。

「皆の者、久しぶりである」

信長はよく透る声で語った。

「こうして、顔をあわせることができて、うれしく思う。ここ三ヶ月、雲隠れをしていて申し訳なく思うが、これも故《ゆえ》あってのこと。あいすまぬ」

率直な言い回しは、信長らしい。

世間では暴君と見られているが、家臣相手に自分の思う所を語り、悪いと思った時には堂々と詫びる。それが信長のよいところであり、家臣が彼に従う理由の一つでもあった。これまでは……。

「我が無言をつらぬいていたおかげで、天下は大きく揺れてしまった」

信長は静かに先をつづけた。

「東国では、北条、上杉《うえすぎ》勢が巻き返し、西国では毛利《もうり》勢が仕掛けてきている。阿波《あわ》では三好《みよし》勢が叛《はん》旗《き》を翻《ひるがえ》し、淡路《あわじ》を押さえ、さらには摂津《せっつ》をねらう動きを見せておる。紀伊《きい》の雑賀衆《さいかしゅう》も三好勢と手を組んで動いておるし、摂津の国衆も不穏な動きをここにきて露《あら》わにしてきた。五月までに広がった我が織田家の版図は、大きく削られておる。うまくない情勢であることは、重々、承知していよう」

よく透った声には、ここ数年で失われた張りが戻ってきている。

どういうことなのか。それもまた秀吉には気になった。

「今日、集まってもらったのは、この場で、今後、織田家がどのように動くか、その行き先を示すつもりであったからだ」

信長は家臣を見回した。

「これまでのように手をこまねいているつもりはない。我は、北条、上杉、毛利、三好に奪われた版図を取り返し、四国、九州、関八州から奥羽《おうう》まで打って出た上で、日の本を統一し、大きな天下を手にする。これが儂《わし》の目指すべき所である」

おおと広間に歓声があがった。居並ぶ家臣が一様に笑みを浮かべて、自らの主君を見つめる。

秀吉は驚いた。

家臣が喜ぶのはわかる。

問題は、信長の発言だ。

本気か。本気で、信長は天下統一を考えているのか。

「それは、いとめでたきこと」

秀吉の左前方に座った武家が声をあげた。骨太の身体を緑の素襖が包みこんでいる。

鬢《びん》は白く染まっており、額《ひたい》には皺《しわ》が刻み込まれているが、骨張った顔立ちと炯々《けいけい》と輝く瞳は、以前と変わらない。粗野に見えるふるまいも、彼の特徴をよく示している。

柴田《しばた》修理亮勝家《しゅりのすけかついえ》は、信長が上洛する前から仕《つか》えていた家臣で、常に織田の先鋒として戦い、多くの功績を挙げた。越前《えちぜん》一向一揆を殲滅《せんめつ》してからは北陸方面で活動し、加賀《かが》、能登《のと》、越中の中部まで進出し、謙信《けんしん》亡き後の上杉家を追いつめている。

佐久間信盛が追放された後は、織田家の筆頭家老としてふるまうようになり、その発言は重きを成した。

家臣に対する心遣いは細やかで、勝家を慕う者は多い一方で、譜代意識が強く、外様や成り上がり者を露骨に蔑《さげす》む。

秀吉も見下された一人で、勝家とは何度となく対立した。加賀国で侮蔑《ぶじょく》された時のことは、いまだに忘れられない。

「畿内をまとめあげ、天下静謐《せいひつ》を目指すのみならず、日の本すべてを平らげようとするとは。さすがは上様。見事でございますな。この修理、どこまでもついていきますぞ」

「そちの忠義、頼もしく思う」

「手前も、上様についていきますぞ」

末席から声があがった。若い武将で、派手な山吹色の素襖が大広間で浮いて見える。

顔立ちは整っていて、目が細いところがいかにも信長好みだ。身体は細く、ひ弱な印象を与える。

森成利《なりとし》だ。

乱丸という名で知られており、長きにわたって、信長の小姓を務め、信長と家臣の取次役を務めたり、使者として名の通った寺社に赴《おもむ》いたりしていた。

武田攻めで兄の森武蔵守長可《むさしのかみながよし》が信濃《しなの》川中島《かわなかじま》四郡を与えられると、美濃兼山城《かねやまじょう》を与えられて、一躍、世間の注目を集めた。

わずか一八歳で、たいした実績もあげていないのに城持ちになったが、当人はそれを当然のことと考えおり、それが後に騒動となる行動へとつながっていた。

「いかにも上様らしいお言葉。感服致しました。下知をくだされば、唐《から》の国でも天竺《てんじく》でも、どこへでも参りますぞ」

いかにも追従に聞こえるが、成利は本音でこれを語っているから、すさまじい。身も心も信長に捧げており、自分を信長の一部だと思っているような節がある。秀吉もここまでは言えない。

うまく心をくすぐる言葉で、信長も笑みをもって応じると思っていたが……。

「うむ。城持ちとして、功をあげてみせよ」

信長は素っ気なく応じた。

視線すら向けておらず、発言した成利は露骨に戸惑っていた。

秀吉も息を呑んだ。

信長は成利を寵愛《ちょうあい》しており、そのふるまいには過剰なまでの褒め言葉を並べていた。秀吉や勝家といった老臣を貶《けな》す一方で、成利の若さを讃え、いずれは国の一つや二つは取るだろうと熱い言葉で語っていた。

それは、弟の森坊丸長隆《ぼうまるながたか》や森力丸長氏《りきまるながうじ》にも及び、森兄弟に対する異様なまでの信長の愛情を示していた。

それが、このような態度を取るとは。

「では、六月以降、何があったか、改めて確かめておきたいと思う」

信長は、成利を一顧《いっこ》だにせず、話を進めた。

やはり、おかしい。秀吉は気になった。

成利は、第一の側近であったが、常に手元に置いて、他の武将と遠ざけていた。軍議の場に呼ぶことは一度もなかったのに、いきなりこの場に並んでいることも不自然だった。

「筑前、毛利はどうか」

いきなり呼ばれて、秀吉ははっと応じた。反射的に頭を下げて、語りはじめる。

「勢いを増しております。毛利両川《りょうせん》を前面に出し、山陽、山陰で兵をそろえて、東への圧を強めており、我らも厳しい戦いを強《し》いられている最中です」

秀吉は頭を切り替えた。

信長のふるまいについて考えるのは後だ。今は軍議に集中するべきで、勘気をこうむるのは避けねばならない。

「御存知のとおり、本能寺での騒乱がなければ、上様は、六月一〇日には備中《びっちゅう》に参陣、毛利と雌雄を決していたと思われます。向こうは、高松城《たかまつじょう》城主、清水宗治《しみずむねはる》に切腹させ、我らとの和睦を目論《もくろ》んでいたようですが、彼我《ひが》の兵力を考えれば、一戦して打ち破るのはたやすきこと。たとえ、毛利両川が出てきたとしても、結果は同じであったかと」

「言い切れるのか」

「無論で」

「であるか」

信長の表情は厳しい。真剣に話を聞いている。

「ですが、京の騒乱で、すべては変わりました。我らは後退を余儀なくされ、和議を破棄した毛利勢は軍勢をそろえて、岡山城《おかやまじょう》を攻めたて、これを落とすことに成功しました」

京で騒乱が起きたという知らせは、二日後、秀吉の元に届いた。明智光秀が京に飛び込み、本能寺が焼け落ちたという。嫡男秀忠の寝所であった妙覚寺も焼け落ちたとのことだった。

問題は、その騒乱で、信長が生きているのか死んでいるのか、つかめなかったことだ。

光秀が本能寺と妙覚寺を焼いたのは確かだった

が、騒ぎは思いのほか広まらず、急速に混乱は収まった。一方で信長の行方は知れず、手を尽くしても、その生死を確認することはなかなかできなかった。

秀吉は迷った。

信長が死んでいれば、敵を討つために、早く畿内に戻って、光秀と雌雄を決せねばならない。しかし、生きていれば、勝手に手勢を後退させれば、叱責《しっせき》を受けることになる。

結局、後退の決断を下すまで三日を費やし、それが毛利勢に付けいる隙を与えてしまった。

秀吉が播磨まで下がると、毛利勢は岡山城に押し寄せ、城にこもった宇喜多秀家《うきたひでいえ》の手勢と激しく激突した。

この時の秀家は家督を嗣《つ》いだばかりで、家中をまとめるのに手間取っていた。信長が死んだという知らせが飛びかったことも、混乱を大きくした。毛利家の侵攻で、家臣が次々と寝返って、秀家は孤立し、城から出た所を襲われて、無惨な最期を遂げた。小競《こぜ》り合いの末、岡山城は毛利の手に落ち、秀吉は備前《びぜん》における重大な拠点を失ったのである。

毛利勢は岡山城とその周辺を固めると、山陰道にも兵を出して、伯耆《ほうき》の南条元続《なんじょうもとつぐ》を攻めたてた。

元続の居城である羽衣石《うえしじょう》城は、二回にわたって、吉川治部少輔元長《きっかわじぶのしょうゆうもとなが》の攻勢を受けて、苦境に立たされていた。

羽衣石城が落ちれば、因幡国の鳥取城も危うくなる。すぐにでも増援を出したい所であったが、信長が雲隠れしていて指示を仰《あお》げなかったため、ただ様子を見るだけの日々がつづいた。

「毛利は、大友《おおとも》と手を組み、瀬戸内で水軍を動かし、摂津、和泉《いずみ》にも軍船を出しております。これがなかなか厄介で」

「淡路を取られたのは、うかつであったな」

勝家が口をはさんできた。

嘲《あざけ》るような声色《こわいろ》に対して、秀吉はあえて表情を消して応じた。

「真に。四国攻めで、兵を集めていたのが裏目に出ました。まさか、三好康長《やすなが》が寝返るとは」

「それについては、後で聞く。今は毛利が攻めに転じているということがわかれば、それでよい」

信長は手を振って、二人の話を切った。

声は穏やかで叱責する様子は見られない。ひとまず安心であるが、信長のことであるから、どこで機嫌が変わるかわかったものではない。

「次に、東国だ。すでに信濃は北条の手に落ちたとみてよいのか」

「それについては、手前から。滝川将監《たきがわしょうげん》は、美濃から動けませんので」

勝家は信長に身体を向けた。

「おっしゃるとおり、信濃の大半は北条が抑えております。京での騒乱が伝わり、国衆がいっせいに放棄して、大きく乱れましたので」

勝家は、顔をゆがめた。

「それに北条勢が応じて、上野から東信に乱入し、今では諏訪《すわ》から甲斐《かい》を望む地で、河尻《かわじり》の手勢とにらみあう情勢です」

勝家の話は正しい。

秀吉は、信長の生死がわからぬ情勢下で、東国の動向についても調べを進めており、敵味方の動きはおおよそつかんでいた。

武田征伐で、甲斐、信濃を制圧した後、織田勢は碓氷峠《うすいとうげ》を越えて、上野に進出していた。

五月には滝川左近衛将監《さこんえ》一益《かずます》が厩橋城《まえばしじょう》に入り、北条や佐竹《さたけ》、里見《さとみ》といった関八州の武将と連絡を取り合い、その勢力圏を確定させるべく動いた。もし、何事もなければ、八月には一益は関東をまとめあげる重要な地位を得て、北条と雌雄を決していただろう。

しかし、京での騒乱がすべてを変えた。知らせはいち早く伝わり、しかも、東国には信長は死んだという話が一挙に広がった。

上野、信濃、甲斐では、国衆が一揆を起こし、北条、上杉、さらには武田の残党がそれに呼応した。六月一二日、上州神流川《じょうしゅうかんながわ》で北条と織田勢が激突し、一益は善戦したものの、敗れ去り、上野からの退却を余儀なくされた。

この頃には、上杉景勝《かげかつ》も三万の兵を北信に送り込み、森長可を海津城《かいづじょう》から叩き出した。長可は信濃の国衆に追われて、大怪我をし、戦線復帰には時間がかかると見られている。

七月に入ると、北条勢が諏訪に進出して、小笠原長義《おがさわらながよし》の軍勢と合流して、筑摩郡《ちくまごおり》から伊那《いな》にも勢力を伸ばした。

一時、上杉との関係が険悪になり、小県《ちいさがた》で小競り合いも起こしたが、織田が反攻の準備を進めると、早々に手を引いた。

現在は、川中島四郡は上杉、東信から諏訪、更科《さらしな》、筑摩の北は北条、残りは信濃の国衆が押さえて、織田と対抗する姿勢を見せていた。武田征伐で得た領土は、ほとんど失ったと言える。

「甲斐はどうなっている」

「河尻肥前《ひぜん》が留まっておりますが、兵が少なく、北条勢を押し返すことができずにいます。先日も北条氏照《うじてる》の手勢に敗れて、一時、駿河《するが》まで下がりました。徳川勢が手を貸してくれなければ、甲斐もすべて北条が押さえていたかもしれませぬ」

信濃についいで、甲斐でも大規模な国一揆が発生し、統治をまかされていた河尻肥前守秀隆《ひでたか》は、甲府を追い出されて、八代《やつしろ》の南まで下がった。

そこで駿河から進出してきた徳川勢と合流して北上したものの、北条勢に圧迫されて、苦しい展開がつづいていた。

「徳川勢には世話になった。礼はせねばな」

信長の言葉に、勝家は色を成して反論した。

「何をおっしゃいますか。徳川は、上様の生死が定かでない頃から勝手に兵を出し、甲斐を削り取っておりました。我らが版図を守るためと言い訳しておりますが、うかつに信じることはできませぬ。腹の底では何を考えておるのか」

徳川右近衛権少将《うこんのえごんのしょうしょう》家康《いえやす》は、松平信康《まつだいらのぶやす》と名乗っていた当時から、織田家と行動を共にし、浅井《あざい》、朝倉《あさくら》、武田といった名の通った武将と矛《ほこ》を交えた。

長篠《ながしの》の戦いでは、徳川勢が武田勢の攻勢を食い止め、勝利のきっかけを作っていた。

武田征伐で駿府《すんぷ》を制圧、戦後、駿河国を与えられた東海の雄であり、その勢力は無視できぬまでに大きくなっていた。

秀吉も何度となく家康と会っているが、腹の底が見えぬ人物だった。

律儀者と言われているが、それだけではない何かが腹の底に隠されているように思える。時折、信長を見つめる瞳が、尋常ではない輝きを放っており、大きな鬱屈《うっくつ》を抱えていることが見てとれた。

「甲斐も失うこともあるわけか」

「早々に兵を送るべきかと。それにあわせて、美濃から兵を送り、北条勢を西から追い落とすべく手を打たねばなりません」

「その際には、是非とも手前に先鋒を」

森成利が割って入った。

「兄上の敵を討ちたいと思います。なにとぞ」

「武蔵は死んではおらぬ。うかつなことを申すな」

「ですが、やられたままでは、森家の誉れが……」

「考えておく。今は黙って話を聞け」

成利は息を呑んだ。信長の厳しい言い回しが信じられないようだ。

秀吉も驚いている。これまでの信長だったら、成利の要請を拒むようなことはなかった。厚い壁ができているかのようで、今までとは違う。

他の武将もそれを感じたようで、表情に戸惑いがある。

空気が揺らぐ中、勝家はついで北陸方面の説明をおこなった。

越中魚津城《うおづじょう》をめぐる戦いは、織田勢が後退したため、上杉勢の勝利となった。その後、富山《とやま》城の周辺で一向衆が一揆を起こして、混乱が広がったため、越中を放棄して、加賀と能登で軍勢を整えた。

上杉勢はさらに攻めたてたが、勝家は味方をとりまとめて反撃し、加賀への侵攻は許さなかった。

その手並みはさすがで、信濃や上野に比べると、被害は最小限で済んだと言える。

勝家が話を終えた所で、口を開いたのは丹羽五《ご》郎左衛門尉《ろうざえもんのじょう》長秀だった。

長秀は古くから信長に仕え、家督争いが起きた時にも忠義の相手を変えることはなかった。美濃をめぐる戦いでも大きな功績を挙げ、名前がよく知られるようになった。

内政に強く、安土城の普請や本願寺《ほんがんじ》退去後の大《おお》坂《ざか》の整備でも手腕を発揮した。

　五月には四国征伐の副将に任命され、信長の三男、織田信孝《のぶたか》を支えて、淡路から阿波に進出する手筈《てはず》になっていた。

　しかし、乱入直前に京での騒乱が起きて、配下の軍勢を束ねることができず、大坂を離れる事態に陥《おちい》った。信長の生死がわからないことも混乱に拍車をかけ、四国征伐軍はちりぢりになった。

　ようやく体勢を整えたのは、秀吉が播磨から下がってきた七月に入ってのことであり、その間に、四国をめぐる情勢は大きく変化していた。

「まずは、三好康長の件、お詫び申しあげます」

　長秀は頭を下げた。

「手前がおりながら、かの者に返り忠を許すことになるとは。面目次第もございませぬ」

　信長は、間を置いてから口を開いた。

「なぜ、裏切ったのか」

「早合点したからではないかと。上様が死んだという噂が飛びかいましたから」

「早すぎる。それだけとは思えぬ」

　信長は、秀吉を見た。

「筑前、おぬしは、三好山城《やましろ》とは縁が深かったはず。何か思い当たる節はないか」

「何とも申せませぬ。三好山城は、上様に忠義を誓い、本願寺と戦い、その後は四国平定のため尽力しておりました。ここで寝返っても、何もよいことはありませぬ。あるいは錯乱したか」

「どうかな。日向はどう思う」

　信長が訊ねると、光秀は頭を下げて応じた。

「そのふるまいを見るかぎり、錯乱はないかと。阿波では味方を束ね、国内を固めるため、手を尽くしているように見受けられます。狂していては無理かと」

秀吉は、舌打ちを懸命にこらえた。

ここで正論を語ることはなかろうに。自分の話が言いわけがましく聞こえてしまう。

口惜しいことに、光秀の指摘は正しい。

三好山城守康長は、四国征伐の副将をまかされていたが、京の騒乱で混乱する最中、織田を裏切って阿波で叛旗を翻した。

現在は、同じく織田に敵対した、甥っ子の三好義堅《よしかた》から預かった軍勢を指揮しつつ、摂津、和泉の国衆の調略にかかっている。

そもそも、康長は阿波三好家の一族として、信長と戦っており、本圀寺《ほんこくじ》の変では、三好三人衆とともに将軍足利義昭を攻めていた。

本願寺と手を組んで、和泉や河内《かわち》で兵を挙げたこともあり、後に高屋城《たかやじょう》で降伏するまで、信長を苦しめたことは確かだ。

その後は、織田家に仕えて四国調略の任についており、阿波岩倉《いわくら》城主で、自分の子どもだった三好康俊《やすとし》を寝返らせて味方につけるという功績も挙げている。阿波に強い地盤を持っており、その能力は信長も認めていた。

だからこそ、秀吉も康長に近づいて、うまく利用した。何事もなければ、光秀を出し抜いて、四国での主導権を握ることもできた。

京での騒乱がすべてを狂わせたとも言えるが、それだけで寝返ってしまった康長は、やはり信長に対する信頼感が乏しかったのであろう。

荒木村重や松永久秀の扱いを見て、外様には厳しいとぼやいていたところから見て、いずれは自分も用なしになって誅殺《ちゅうさつ》されると思っていたのかもしれない。

最悪の頃合いで寝返ってしまい、秀吉の面子《めんつ》は丸つぶれだ。叱責どころか、重い罰を受けることもありえたが、信長が雲隠れしてくれたおかげで、かろうじて難を逃れることができたと言える。

「かくなる上は、手前が阿波に乗り込み、康長の首を挙げましょう。下知の程をぜひ」

「いや、それには及ばぬ。おぬしは、毛利との戦いに傾注するがよい」

信長はそこで瞳をわずかに動かした。

その先に光秀がおり、小さくうなずいたところを秀吉は見落とさなかった。

「我が身を隠していたために、武田征伐で得た賜《たま》物《もの》をほとんど失ってしまったな。三月《みつき》はあまりにも長すぎた」

信長は天井を見あげたが、それは一瞬だった。

「失ったものは取り返す。これより、織田は総力をあげて、東国、西国、四国で仕掛ける」

おおっと声をあげたのは勝家だった。

目が異様に輝くのは、前線に立つ武将であるからだ。

他の家臣も全員が顔色が変わる。

表情が動かなかったのは、光秀だけである。

「修理、おぬしは越後の上杉景勝を打ち破り、越後に乱入せよ。時はかかろうが、盛り返すのは手間ではないはず。見事にやってみせよ」

「ははっ」

「それにあわせて、美濃と遠江《とおとうみ》から信濃を攻めさせる。陣頭に立つのは滝川伊予《いよ》でよい。幸い木曽《きそ》義昌《よしまさ》は再び我らに従うと申し出ておる。日向が手筈を整えてくれた」

いつの間にと声をあげたのは、長成だった。光秀は何も言わずに、頭を下げた。

「甲斐の河尻肥前もあわせて動かす。徳川勢にも手を借りる」

ついで、信長は光秀を見た。

「おぬしには、山陰道をまかせる。南条元続を助けて、山陰の毛利勢を打ち破るがよい。美作《みまさか》へ兵を出すことも許す」

「ははっ」

「筑前、おぬしは、これまでどおり、山陽道で攻めたてよ。宇喜多を失ったのは痛手であるが、味方につく国衆はまだ多いはず。うまくまとめあげて、岡山城を奪い取れ。その後は備中へ攻め入り、日向とともに、毛利を締めあげよ」

「御意《ぎょい》」

秀吉は頭を下げた。

表情を隠すことができたのは幸いだった。怒りを抑えることができず、顔を見られていたら、信長に問いつめられていたかもしれない。

山陰道を光秀に奪われたのは、屈辱以外の何者でもない。苦労して鳥取城《とっとりじょう》を落とし、因幡に基盤を構築し、南条元続も味方にして、ようやく本格的に軍勢を動かすというところだったのに、すべてご破算である。

光秀に出し抜かれるとは、腹立たしくてたまらない。

「して、残りは四国ですが、こちらはいかがなさいますか。五郎左衛門にまかせますか」

勝家は笑っていた。

彼と長秀の付き合いは長く、遠慮なく物事を語りあえる仲だ。尾張《おわり》以来の譜代家臣と思っているせいか、勝家の語り口はぞんざいだった。

「いや、五郎左には、大坂をまかせる。城の普請をつづけてもらう」

「ほう、では、誰が」

「儂が行く」

「なんと。上様自らでございますか」

「そうだ」

信長は堂々と言い切り、家臣の耳目を集めた。

「ここのところ、儂は下がったままで、何もせぬままに終わることが多かった。伊賀《いが》攻めにせよ、武田征伐にせよ、儂が着いた時にはほぼ終わっていた。このようなことでは、気が萎《な》える」

信長の声は朗々と響いた。

「畿内という天下をまとめあげ、新しく日の本をまとめあげようというところで、いつまでも引っ込んではおられぬ。よって、儂が行く。もちろん、四国征伐にあたるはずだった蜂屋《はちや》兵庫《ひょうご》や津田《つだ》因幡に、手を貸してもらうことになるが」

熱のこもった声には、ためらいがなかった。端から決まっていたことを語っているかのようだ。

「なお、このたびの四国征伐には、長宗我部《ちょうそかべ》土佐《とさ》の手を借りることになる。織田だけで、四国平定を成し遂げるのは、いささか無理がある。三好山城が寝返ってしまったからには、長宗我部と手を握り直すのは、当り前のこと」

秀吉は唇を嚙みしめた。これで、また彼の立場が悪くなる。

長宗我部土佐守元親《もとちか》は四国の驍将《ぎょうしょう》で、四万十川《しまんとがわ》の戦いに勝って土佐を統一すると、その後、伊予、阿波、讃岐《さぬき》へと進出して、勢力を四方へと伸ばした。

阿波白地城《はくちじょう》を攻略して、三好家との対立を強める一方、香川《かがわ》家に息子の五郎次郎《ごろうじろう》親和《ちかかず》を送り込んで、讃岐攻略の足がかりを築くあたりに、先を見据えた行動を見てとれる。

信長と接触したのは、土佐統一の前後で、嫡男の信親《のぶちか》はその縁から偏諱《へんき》を得ている。

信長は阿波、讃岐の三好勢を攻めたてて、積極的に元親を支援した。

しかし、本願寺が大坂から退去し、三好との関係に変化が訪れると、長宗我部との関係は急速に冷え込んだ。四国の統一を図る元親は、信長にとって目障りな存在となった。

そこにつけ込んだのが秀吉であり、三好康長をうまく使って阿波の調略を進めつつ、讃岐を息子の織田信孝に与えるように仕向けて、四国征伐を進めるように信長に持ちかけた。

信長は秀吉の甘言に乗って、長宗我部との関係を絶ち、四国を制圧することを決めた。

信孝率いる大軍がそろえられ、京での騒乱がなければ、今頃は長宗我部は討ち滅ぼされて、三好康長が阿波を押さえていたはずだった。

それは、織田家中において、秀吉の地位が向上し、光秀を凌《しの》ぐことも意味していた。

光秀は、配下の斎藤利三《さいとうとしみつ》が元親の縁者だったこともあり、長宗我部との取次を一手に引き受けていた。信親に偏諱を賜るように進言したのも、元親に対して内々に四国切り取り放題を許したのも、光秀への信頼があってのことだった。

康長を使って亀裂を入れて、光秀を追い落とす予定だったのに、京の騒乱がすべてを変えてしまった。立場が悪くなったのは、秀吉だった。

「長宗我部土佐には、日向を通じて儂の意を伝えている。改めて書状を出し、阿波、讃岐の切り取りに手を貸してもらうつもりでいる。うまくいけば、年明けには、儂と土佐守が勝瑞《しょうずい》で酒を酌み交わすことができよう」

信長が陣頭に立ち、四国討伐戦を敢行する。その事実に、家臣は色めき立っていた。

　勝家は興奮で真っ赤になっていたし、これまで沈黙していた前田利家《まえだとしいえ》も何度となくうなずいている。共に、尾張統一戦をおこなっていた頃を思いだしたのかもしれない。

　一方で、秀吉は違和感が強まるのを感じていた。どうにもおかしい。これまでとは違いすぎる。

　これは、本当に信長なのか。

「日の本をまとめあげるにあたって、皆の者には、さらなる忠勤を求めることになる」

　信長は、声を張りあげて、左右を見回した。

「功をなした者には、褒美はいくらでも与える。ここにいる日向や修理のように、一国を丸々手に入れることもできよう。逆に、己《おのれ》の身分や立場に寄りかかり、それだけで論功行賞を求める者には容赦はせぬ。尾張の片隅に追いやるので、そのつもりでおれ」

　信長は、そこで成利を見つめた。

「特に、乱。おぬしは、儂の使いを務めただけで、何ら戦功はあげておらぬ。兄の働きがあったから、城を与えたが、このままでいいとは思うな。戦《いくさ》の場での働きがなければ、すぐに取りあげる。そのように思え」

「き、肝に銘じます」

　成利は頭を下げた。肩は細かく震えている。

　まさか、家臣の面前で叱責されるとは思わなかったのであろう。これまでの寵愛を考えれば、ありえないことである。

「これより、織田はその働きで、おぬしらを見ていく。一方で、もし儂が手を抜いていると思ったら、遠慮なく言え。いくらでも聞く。わかったな」

　全員が声をそろえて、頭を下げた。

秀吉もそれにあわせるが、自分でもわかるぐらい、その動きは鈍くなっていた。

おかしい。やはり信長は変だ。

いったい何が起きたのか。

二

天正一〇年九月一五日　安土天主

「あれでよかったのか。日向殿」

「十分かと。かつての上様を知っている者には、響く話だったと思われます」

一久が声をかけると、光秀は軽く頭を下げて応じた。声が弾んでいるところをみると、うまくいったと思っているのだろう。

「後で話をしましたが、修理殿も喜んでおられました」

「そうだな。俺、いや、儂《わし》と話をした時にもそのように申していた。こんなに腹を割って話ができるのは久しぶりとな。昔のように、どこぞで花見がしたいとも言っておったな」

「よい話ができたようで何よりです」

光秀の顔には笑みがある。

今日は一久のデビュー戦であり、個々でどのような評価を受けるかで、この先の行動が決まる。疑われてしまったら、すべてが終わりのところを何とかかいくぐることができた。

勝家や長秀とは、軍議が終わった後、個別に話をした。厳しい状況だったが、二人とも満足したようで、何とか乗りきることができた。

一久は、信長としての第一歩を踏み出した。

だが、それは一方で、織田家が持つ亀裂の深さを改めて感じさせる事になった。

「修理は、さんざん話ができてよかったと語っていた。涙を浮かべたのには、正直、驚いた」

「主君と家臣が直《じか》に話をできない。それが、これまでの織田家だったのです」

光秀の声は低くなった。

「譜代の重臣ですら、上様に近づくことはできなかったのです。異様でした」

「内々の壁か」

一久は、大きく息をついた。

軍議の場で成利が見せたふるまいを見れば、側近がどれほど優遇されていたのかわかる。信長の側にいるだけで、城も領土も与えられると思って疑っていなかった。

六月四日に見た光秀の書付には、信長は毛利征伐が終わったら、丹波を成利に与え、弟の森坊丸長隆と森力丸長氏に、近江と大和半国をそれぞれ与える計画だった。他にも、お気に入りの小姓に尾張、美濃から一部の郡を分け与える計画を立てていた。

「ここのところ、上様は側にいる者に政《まつりごと》をまかせて、自分は京や安土で勝手し放題にふるまっておりました」

光秀は、淡々と語った。その横顔を夕陽が照らしている。

安土城の天守は琵琶湖に面しており、日が暮れる時間帯になると、朱色の輝きが天主の奥まで美しく照らし出す。

金色に輝く水面と、陰になった山のコントラストには目を惹かれる。

「この一年あまり、我らは上様と満足に話をできませんでした。軍議についてうかがいをたてても、乱丸や坊丸に遮《さえぎ》られてしまう始末で。直に会うのは、儀典の時だけ。話をすることはほとんどありませんでした。織田家は小姓と奉行が差配していたのです」

「あとは、一門衆であろう。ひどかったな」

一久は、信長の息子や親戚と顔をあわせたが、そのふるまいは横柄《おうへい》で、家臣を叱り飛ばすことが偉いと思っているような連中ばかりだった。ましだったのは織田長益《ながます》ぐらいであった。

「表沙汰にはなっておりませんでしたが、上様も安土で大きな騒ぎを何度も起こしておられました。酒にまみれて、城の近くで声をあげておられて。女と妙な遊びをしたのも確かでして。他には……」

「言うな。聞きたくない！」

一久は激しく手を振った。

光秀の話に誇張はない。それは、一久が最もよくわかっている。

さながらフラッシュバックのようにこみあげてくる記憶に、阿呆《あほう》のように女や小姓と戯《たわむ》れる様子が存在している。

その時の自分は、驚くほど楽しげに笑っていた。ただ享楽に流されながら。

「天下などいらん。安土こそ極楽だ」

信長の声が記憶の隅をつついたところで、一久は唇を噛みしめた。握りしめる手に力がこもり、爪が掌《てのひら》に食い込んでいく。

そんな信長、あってはならない。

堕落など、絶対に許されない。

だからこそ、一久は、自らが信長になる決断を下したのである。

異なる世界から転生したという重い事実を受け

いれて。

＊

光明寺一久は、二一世紀の日本という国で生きる、凡庸《ぼんよう》な人間だった。たいして名前も知られていない高校を出て、ＩＴ系の専門学校を出て、そのままよくわからない会社に就職したのであるから、たいした資質を持っていないことは明らかだ。

最初の会社は中程度のブラック企業で、ほどよくこき使われた所で、身体を壊して退職した。

次は月の残業一〇〇時間越えは当り前の会社で、時には一五〇時間を超えることもあった。

明らかに精神は病《や》んでいたのであるが、どういうわけか体調を崩すことはなかったので、四年にわたって働き、社長が愛人と会社の金を持ち出すのにあわせて、一方的に退職願を出した。

その後は派遣でつないでいたが、友人たちに誘われて、小さなソフト会社にかかわった。起業したばかりで、仕事内容もよく、勤務も月に七〇時間の残業をする程度で済んでいたが、三年もして怪しいコンサルタントが加わると、状況が変わった。本業とはかかわりのない仕事に回され、何度となく失敗して、さんざんに罵《のの》られた。

どう考えてもコンサルが悪かったのであるが、友人たちは彼の言葉を聞いてくれず、一方的に悪者扱いされて、最後は罵詈《ばり》雑言《ぞうごん》を叩きつけられて、会社を辞めさせせられることになった。

その時、二ヶ月分の給料が未払いになったが、取り戻す気力は起きなかった。ＳＮＳで悪評が回り、他の友人から縁を切られた時も、別段、言い訳する気にはなれなかった。

同じ頃、付き合っていたと思っていた女性が、実は、彼をだまして財布扱いしており、陰ではさんざん笑いものにしていたという事実を知って、三〇年近く住んでいた故郷を離れる決断をした。

向かった先は岐阜で、そこで気力と体力の回復を図るつもりだった。

その先のことは、あやふやでよくわからない。

夜に岐阜に到着し、中心部から少し離れた宿に向かっていたはずだが、気がついたら、燃えさかる寺に身を置いていた。

「お逃げください。上様。敵が迫っています」

和服を着た若い男が語りかけてきて、一久は思わず訊ねた。

「敵？　いったい誰だ？」

「惟任日向守《これとう》でございます」

その一言で頭にスイッチが入って、断片的な映像が脳裏に浮かんできた。

それは、現実には見たことのない情景だった。苛烈《かれつ》で、血の臭いが感じられる風景は、何とも異様だった。

それでも彼が受けいれることができたのは、若い頃に現実世界から離れる小説を読んでいたこと、記憶の内容に思い当たる節があったからだ。

自分は、織田信長に転生した。

その事実を一久は戸惑いながらも認識したのである。

＊

「正直、申しあげて、いまだに上様が別人に変わったという旨を受けいれられずにいます」

光秀の表情は穏やかだった。

当代一の教養人という評判は確かなようで、ふるまいや言葉遣いには、他の武将にはない優美な風情が漂っていた。

「物《もの》の怪《け》に化けたのであればともかく、見た目はこれまでの上様と変わりませぬ。声も同じで、入れ替わっているとはとうてい思えませぬ」

「話してみればわかるであろう」

「それは確かに。知っているはずのことを知らなかったり、逆に、こちらが知らぬことを知っていたりしますので。はじめて顔をあわせた時の、妙なふるまいには驚きました。まさか、礼儀作法を知らぬとは思いませんでした」

「着物の身につけ方すら、知らなかった。正直、貴殿が会って、話を聞いてくれてよかったと思っている」

一久が転生したのは、天正一〇年六月二日。本能寺の変が起きたその日だった。まさに光秀の手勢が押し寄せて仕掛けたところで、信長の寝所には火が回っていた。

このままでは討ち取られると見て、一久はあえて勝負に出た。寝所から出ると、自ら名乗って塀の前に現れ、光秀との対面を望んだのである。

血に飢えた将兵がいつ彼に襲いかかってもおかしくはない状況で、事実、一久の眼前には槍衾《やりぶすま》が並んでいた。

異変を察した光秀の家臣、明智左馬助秀満《さまのすけひでみつ》が姿を見せなければ、どうなっていたかわからない。

異様な事態に、秀満は兵をなだめて、信長を取り押さえ、その上で光秀と話ができるように取りはからってくれた。

顔をあわせたのは、六月二日の夜、焼け落ちた本能寺から程近い地にある神泉苑《しんせんえん》の四阿《あずまや》だった。

日照りになっても枯れないという池の近くで、一久は自らをねらう武将と語り合った。

その時の光秀は、顔の肉がそげ落ちていて、さながら幽鬼のようだった。信長をねらうという行為がどれほどの重みを持っていたのか、一久ははっきりと見てとった。

一久は、言葉が通じることを確かめた上で、光秀にすべてを語った。自分がこの時代に住む人間ではなく、はるかな時を超えて転生したこと。

信長の身体は存在しているが、その人格は消えており、記憶が細切れに残っているだけのこと。

そして、この先、自分が生き残るために力を貸してほしいと赤裸々に語りかけた。

荒唐無稽《こうとうむけい》な話に、光秀は当初、疑いの目で見ていたが、長く議論をつづけていくうちに態度を改めた。

一久は、戦国の世について、造詣が深かった。それは彼が戦国、さらに言えば、織田信長フリークだったからだ。

中学の頃に、ゲームを通じて、信長の存在を知り、一久はその苛烈な人生に憧れた。

父の後を継いで尾張を統一し、美濃斎藤家を滅ぼして飛躍のきっかけを得た後は、将軍足利義昭を奉じての上洛戦、浅井、朝倉、三好との激戦、比叡山《ひえいざん》の焼き討ち、義昭の追放と武田との対立、さらには長島一向衆との戦い、長篠の合戦、毛利、上杉との戦いと生涯にわたって、信長は戦いつづけた。

戦争に明け暮れながらも、天下統一を目指す姿は派手で、美しく、一久の心を惹きつけた。

高校から専門学校時代には、歴史書を読みふけり、知識を詰め込んだ。就職して仕事が忙しくとも、専門家が読むような研究書まで読み、時には翻刻《ほんこく》してあるとはいえ、史料と直に触れる機会もあった。

厳しい一久の人生を支えていたのが、信長への思いだった。

周囲を敵に回しながらも一歩も引かず、ひたすら戦いつづける姿に、彼は自分を重ね合わせて、決して引かず、最後の最後まで踏みとどまるという思いを強くしていた。

後から考えれば、決してよいことではなかったが、それでも信長に対する思いと膨大な知識があったからこそ、自分は病まずにすんだと考えた。

一久の語る戦国時代の知識を聞いて、光秀は信長に別人が転生したことを受けいれた。狐憑《きつねつ》きの一種と考えたようだが、それでも共通の認識ができたのは大きかった。

「ですが、まさか、貴殿が上様の代わりに、織田家を束ねて、政にかかわる気になるとは」

「意外であったか」

一久に問われて、光秀は笑った。

「手前が逆の立場だったら、逃げ出していましたな」

「そう思ったこともあった」

戦国時代に転生したと知って、一久はすぐに逃げ出すことを考えた。

しかし、脳裏に残る信長の記憶が彼に踏みとどまるという道を選ばせた。

信長の身体に転生したものの、その記憶はほとんど残っておらず、いくつかの情景が断片的に思い浮かぶだけだった。

だが、残った記憶はあまりにも強烈で、一久の頭にこびりついたまま離れなかった。

そう、信長は堕落していた。

武田征伐がはじまる前から、酒と宴《うたげ》に狂い、ひたすら遊びつづけていた。

安土城の奥にこもり、猿楽のまねごとをおこない、小姓と女を引き込んで、享楽の世界にどっぷりとはまり込んでいた。山海の珍味を味わいつつ。

それは、後世に語られた信長像とは大きくかけ離れていた。

峻烈《しゅんれつ》で、規律に厳しく、遊び歩いた下男下女を斬り捨てたという武将の姿はなかった。あたかも一久が勤めた会社の社長のように、酒と食べ物と女に狂っており、鏡に映るその顔は、目尻が垂れ、口元も緩み、瞳は暗く澱《よど》んでいた。

下品な老人がそこにはいた。

後に、光秀が教えてくれたように、信長は政から興味を失っていた。乱丸や力丸といった小姓に雑務はまかせて、自ら指示を出すことはなくなっていた。譜代の家臣と一族のみを重用し、これまで貢献してきた光秀や一益、さらには秀吉や勝家すら遠ざけていた。

息子の信孝に讃岐を与え、さらには弟の織田信《のぶ》包《かね》に大和を、成利に丹波を与え、さらに丹後を細《ほそ》川藤孝《かわふじたか》から取りあげて、息子の三吉郎信秀《さんきちろうのぶひで》に与える算段も整えていた。

信長は、尾張、美濃から畿内にかけては、親族と側近で固めて、それ以外の武将は遠のけて、機会を見て、織田家から放逐すると決めていた。成利に酒の席で、そのように語っていたし、かすかに残る松井友閑《まついゆうかん》との会話でも光秀や秀吉は頃合いを見て、処分すると語っていた。

一久も、信長が譜代の家臣に甘いことは知っていたが、ここまでひどくなっているとは思わなかった。功がなくとも、側近という理由で版図を与える。それだけの人物に成り下がっていた。

天下静謐《せいひつ》が目の前に見えて、明らかに信長はゆるんでいた。苛烈に道を切り開かずとも、すべてが手に入ると思い込んでおり、全能感に酔っていたのである。

「すべては、儂の思うがまま」

それが一久の記憶に残る信長の言葉だった。

それは、痴人の台詞《せりふ》である。

無惨な信長を見て、一久は怒った。

罵詈雑言を叩きつけられて会社を追い出されたとき以上の、激しい感情が彼を揺さぶった。

こんな信長、あってはならない。

常に峻烈で、自分も他人も激しく追い込み、死の寸前まで戦った英雄中の英雄。それが織田信長という人物であるはずだった。


無論、遊んでもかまわない。老いで判断が鈍ることもあるだろう。

だが、高くかかげた志《こころざし》を捨て、決して文句を言わない側近だけで回りを固めることはあってはならなかった。

「こんなのは、信長ではない」

一久は、そうつぶやいた時の声をおぼえている。今までの声とはまるで違っていたが、そこに込められた感情は一久のものだった。

激しい怒りに突き動かされる格好で、一久は光秀の助けを借りて、信長であることを決めた。

無様な信長は、本能寺で死んだ。

代わりに、自分が信長となって、天下静謐と日の本の統一を成し遂げる。自分の心にあるイメージに従って。

道のりは険しいだろうが、かまわなかった。

どうせ、戦国の世に放りだされても生きてはいけない。ならば、信長となって、やるべき事をやるべきだ。苛烈な人生こそ、信長にふさわしい。

一久が自分の思いを語ると、光秀はそれを受けいれてくれた。

「手前も、天下が乱れることは望みませぬ。本能寺に押し寄せたのも、やむにやまれぬ事情があってのこと。貴殿が正しく政を進めてくれるのであれば、それでかまいませぬ」

光秀は兵を挙げた理由は語らなかった。

複雑な背景があるようで、訊ねても、決して口を開かず、沈黙を守るだけだった。

「わかった。できるだけのことはしよう」

一久は決断を下すと、光秀を通じて、戦国の世の常識を吸収しつつ、これまでとはまるで違う世界に慣れていくことに全力を尽くした。

着物の身につけ方からはじまって、生活していく上での知恵、食事の時の作法やら家臣と話をするときのふるまいなど、おぼえねばならないことは無数にあった。

この三ヶ月は、信長として生きるための基礎を築く期間だった。

幸い言葉はわかったので、意志の疎通はできた。文字もにらんでいると、自然と内容が頭に入ってきたので、こちらも何とかなった。

しかし、書くことだけはどうにもできず、訓練しなければならなかった。花押も今回、改めることにしたが、正しく書くことができるようになるまでには時間を要した。

礼儀作法は最低限のものを身につけるだけで精一杯であり、朝廷や公家を相手にするのは無理だった。遠国の使者を相手にするのも、誰かの助けが必要だった。

　できることならば、あと三ヶ月はほしかったが、東国、西国の情勢が急速に悪化しており、これ以上、待っていたら取り返しがつかないということで、光秀の助言に従って、一久は安土城に家臣を集め、今後の方針を示した。

　今日が一久のデビュー戦であり、すべてが終わった今でも緊張は解けていなかった。

「まずは、うまくいきました。これまでと織田家が違うことを示せたのではないでしょうか」

「乱丸の顔は強《こわ》ばっていたな」

「寵愛《ちょうあい》が離れたと思ったのかもしれませぬ。もっとも、これまでがおかしかったのでございますが」

　成利と信長のかかわりが深かったことは、一久も歴史書で知っていたが、実際にはそれ以上だった。衆道《しゅどう》にかかわる記憶はなかったが、異様にからみついてくる姿は脳裏にあり、尋常ではない関係を察することができた。

　だが、それだけで土地を与え、城をまかせるのは間違っている。

　戦国の世なのであるから、依怙《えこ》贔屓《ひいき》はあってはならない。

　一久は、今日の評定でこれからは実力主義でいくと宣言した。

　それは、本来の信長なら、そのようにしていたはずだからだ。

「一門衆も、これで考える所が出てくるでしょう。侍従《じじゅう》様もまた同じかと」

　信孝も信長の子息というだけで、讃岐一国が与えられるところだった。それは認められない。

「まずは第一歩を踏み出したというところか」

「大事なのはこれからです。上様が姿を見せたということで、この先、日の本は大きく動きましょう。毛利、三好、北条は手を組み、東西から織田の領国を押してくるでしょうし、上杉も川中島四郡から南下してくることも考えられます。九州の大友、島津《しまづ》、龍造寺《りゅうぞうじ》の動きも不穏で、とりわけ大友と龍造寺は毛利と手を組み、西国から攻めあがる姿勢を見せております。伊予の河野《こうの》も侮れませぬ」

「隙《すき》を見せたことで、敵が一気に動き出したか」

「伯耆や美作の動きも気になります。国衆が毛利につくか、織田につくか迷っており、攻めあぐねれば、我らに向けて刃《やいば》を振るうかと」

「かまわぬ」

一久は言い切った。

「すべてを薙《な》ぎはらって、日の本の統一を成し遂げる。最後まで、俺、いや、儂は戦いつづける」

本物の信長ならば、そのようにする。苛烈に突き進み、見事に日の本をまとめあげ、さらに外の世界へ踏み出していく。

一久は心に改めて真の信長像を再確認して、正面を見つめた。

西からの陽が顔を照らす。

その姿を光秀が口を閉ざし、無言で見ていた。

三

九月二二日　神泉苑

「それで、柴田勢は東国へ向かったのか」

「ああ。何事もなくな。上様はそれを見送ったらしく、修理様が喜んでいたと知らせが来た」

「滝川様にも、書状を出したとか」

「信濃奪還に尽力せよと記したようだ。もちろん当人が書いたわけではないが」

「そうか」

斎藤内蔵助《くらのすけ》利三は、大きく息をついた。

「うまくいって何よりだ。どうやら、最初の難所は乗り越えたようだな」

「まったく。どうなることかと思ったが」

利三の前で武将が息をついた。

緑の小袖につつまれた身体は、前に見たときよりも二回りは痩せたように思われる。彫りの深い顔にも疲労の色が見られる。

藤田伝五行政《ふじたでんごゆきまさ》は、光秀に古くから仕《つか》え、畿内での戦いや丹波攻略戦で活躍した。利三や明智左馬助秀満、溝尾庄兵衛茂朝《みぞおしょうべえしげとも》とともに、明智家の屋台骨を支える人物で、彼の堅実な活躍がなければ、光秀は丹波制圧に失敗していたかもしれない。

外様の利三とも気兼ねなく付き合ってくれる人物であり、家中で絶大な信頼を置かれていた。

利三が酒をそそぐと、行政は一気に飲みほした。ようやく落ち着いたようで、大きく息をつく。

「して、殿は」

「上様と共に安土におられる。明日には京に出て来て、近衛《このえ》様との今後の事について話しあわれる。亀山《かめやま》に戻るのは、その後だな」

行政は淡々と語った。

「すぐに、伯耆に向けて出陣することになる」

「軍勢は整えてある。先に左馬助にいってもらうことになる。我々はその後だな」

信長が伯耆を光秀にまかせたため、家臣は今日明日にでも出陣する必要があった。

本来ならば利三も亀山に戻って、準備を進めたいところだが、あえて京に留まって、様子を見ていた。

それだけ光秀のことが気になった。

信長が別人に変わったことは秘中の秘であり、事が露見したら、大変なことになる。光秀が問いつめられるようなことになったら、利三は急ぎ駆けつけて、主君を連れて帰り、織田勢を相手に一戦交える覚悟だった。

光秀からの書状によると、最悪の事態が避けられたが、この先、どうなるかはわからない。

利三は自ら盃に酒をそそいで飲んだ。

味はよくわからない。

二人が話をしているのは神泉苑の四阿《あずまや》であり、三か月前、光秀が本能寺から抜け出した信長と会った場所であった。

因縁の一室で、織田家を欺《あざむ》いている主君の話をするというのは、皮肉が効きすぎていよう。

「まさか、こんなことになろうとはな」

行政が大きく肩を落とした。

「殿に仕えて、数十年。いつ、いかなる時にも、その言葉に従って動いてきた。近江でも丹波でも。本能寺で上様を討つと語った時にも、その言葉を疑ったことはなかった。だが、さすがに、本能寺から連れてきた上様が、この御仁《ごじん》は上様にあらず、別人であると言われた時には、顔を見てしまった」

「儂《わし》もだ、伝五。正直、どこかおかしくなったのではないかと思った」

光秀から本能寺を攻めると告げられたのは、六月一日のことだった。亀山城内のことで、聞いたのは利三に行政、左馬助秀満、さらには光秀の従兄弟である明智光忠《みつただ》の四人だ。

喜んだのは光忠で、これで殿は天下人になるのですねと問われて、光秀は苦悶の表情を浮かべた。うなずくまで驚くほどの時間がかかったのを見て、裏に事情を抱えていることは想像がついた。

利三は、苦しむ光秀を見て、行動を共にすることに決めた。主君を討つのは大罪であるが、最近の信長には思うところがあり、叛旗《はんき》を翻《ひるがえ》すことにためらいはなかった。

京に乱入した明智勢は、遮《さえぎ》られることなく、本能寺の信長に襲いかかった。すべてはうまくいき、まさに、その首を取ろうとしたところで、急に戦いが止められて、軍勢は本能寺から後退したのである。

「確か、信長を見つけたのは、左馬助だったな」

「ああ、鉄砲を撃ちかけ、火矢を放ち、山門を打ち破ろうとしたところで、いきなり飛び出してきて話をしたいと言ってきたらしい。かまわず兵が討ち取ろうとしたのであるが、きわどいところで取り押さえた。殿に会わせると言ってな」

合戦の最中、よく落ち着いて判断が下せたと思う。当時はよい見立てと思ったが、今ではよくわからなくなっている。

その後、神泉苑で光秀と信長は二人だけで語り合った。二刻《ふたとき》を超える長い話し合いだった。

「終わった後のことをおぼえているか」

利三に言われて、行政はうなずいた。

「もちろんだ。殿の顔はまっ黒だった。我らに、本能寺に向かうと告げた時よりもひどかった。声もひどく低くて、聞き取りにくかった」

「それでも、何を言われたのかは、はっきりとおぼえている」

「ああ、にわかには信じられなかったが」

光秀は、神泉苑に集まった家臣の前で、驚くべきことを語った。

今の信長は信長ではない。別人であると。

利三は光秀が狂乱したと思った。主君を討つという大罪に耐えられず、この世ならざる世界に足を踏み入れてしまったと。血の気が引いたのを今でもおぼえている。

だが、勧められるまま、信長と会って話をしたところで、光秀の発言が正しかったことを知った。

信長は、利三や行政の顔を知らなかった。何度も会っていたにもかかわらず、名乗るまで何の反応もしなかった。

美濃や近江の地誌にも疎《うと》く、安土城下がどのような造りになっているのかも、わからずにいた。

それでいて、各国の情勢には詳しかった。

四国については、取次にあたっていた利三よりも詳しく、長宗我部家の御家問題についてもよく知っていた。九州の内情についても詳しく、島津家の内紛を切々と語った。

手前勝手に動く「自動車」とかの話をしはじめたところで、利三は信長が別人であると確信した。狐《きつね》か狸《たぬき》に憑かれて、物《もの》の怪《け》になってしまったと。

「あの場で斬り捨ててしまえば、話は早かった。今、こんな苦労をせずにすんだ」

利三は顔をゆがめた。

「頭のおかしい信長など、何の役にもたたぬのに」

「同感だ」

行政はうなずいた。顔色はよくない。

「だが、殿は、何かを感じたのであろう。だからこそ、あの信長を取り除くことなく、これまでと同じく忠誠を尽くして、天下静謐《せいひつ》を目指すと決めた。多大な手間を掛けて」

「間違っていた。殺すべきだった」

狐憑《つ》きに振り回されるぐらいならば、自ら天下を取るべきではなかったのか。

「やむを得なかった。あの場で信長を殺しても、誰もついてこなかった。細川や筒井のふるまいを見てもわかるであろう」

光秀は、京に飛び込むのと同時に、周辺の武家に書状を出し、味方になってくれるように頼み込んだが、それに応じる者はほとんどいなかった。親戚の細川家ですら無視したのである。

現実を目《ま》の当たりにして、利三は心が冷えた。

「それに、中将様の件もあった。上様のお声がなければ、我ら全員、腹を切らされていたぞ」

「それも、わかっている」

京に乱入した明智勢は、本能寺の信長と同時に、妙覚寺に留まっていた左近衛《さこんえ》中将信忠も襲撃した。討ち取らねば、敵討ちの軍勢を率いて攻めたててくることは必至であった。

信長を手の内に入れると、光秀は妙覚寺への攻撃をやめさせた。しかし、すでに矢玉は飛びかっており、光秀が駆けつけた時には、妙覚寺は焼け落ち、信忠は重傷を負っていた。

一時は命も危ぶまれたが、かろうじて持ち直し、今では尾張清洲城《きよすじよう》で静養している。

「中将様は、妙覚寺の戦いで右腕を失った」

「それだけならばよいが、頭を斬られたせいで、物事をうまく考えることができなくなっている。まったく駄目というわけではないが、言葉を出すのに、ひどく時を要する。あれでは織田の惣領は務まらぬ」

行政の言葉は重い。

「中将様の地位は、回復を待つという理由で変えていない。だが、このままでは駄目なことは、誰でもわかっている」

信忠が表舞台に立てぬ以上、信長が織田家をまとめていく以外にない。それは利三も理解している。

さらにいえば、信長がいろいろと手違いがあったと口添えしてくれなければ、信忠を追い込んだ罪で、明智家は処罰の対象となったはずで、利三も行政も、今頃は黄泉《よみ》の世界へ旅立っていた。

あの信長には助けられている。それは認める。

「だが、この先も頼ってよいものか」

利三に見つめられて、行政はうつむいた。その手が静かに盃《さかずき》をつかむ。

「わからぬ。いつまで狐が憑いたままなのか。あるいはいきなり醒めるやもしれぬし、もっとひどくなるやもしれぬ」

「人の言葉が通じぬようになったら、それまでであるぞ」

「その時は近いやもしれぬ」

行政は酒をあおった。

「あの男は、五〇〇〇年も先の世から来たと言っているが、当てにはならぬ。風狂であるなら、それぐらいのことは言う」

「儂も天竺《てんじく》から来たと言った男と会ったことがある」

「どんな奴だ」

「ただの物乞いだ。三日後には、串刺しにされて死んでいたよ」

「さもありなん。いつ、あの信長がおかしくなるのかわからん。もし、真相が知られることになれば、怒り狂った味方にたたき殺されるぞ」

本能寺を襲撃しただけでなく、頭のおかしい人物を信長として扱い、勝手に織田家の行く末を決めてしまった。

事が明らかになれば、専横なふるまいに、柴田勝家や羽柴秀吉が腹をたて、すぐにでも兵を挙げるはずだ。

織田家の宿老が敵に回れば、かなわない。

ただでさえ、信忠を再起不能に追い込んだことで、濃尾の武将からは恨まれている。戦《いくさ》になれば、取り囲まれて皆殺しにされるだろう。

危機的な状況であるにもかかわらず、光秀は、あの信長に入れ込み、この三ヶ月、一久と名乗った信長と行動を共にして、戦国の世で生きるための知識を叩き込んだ。

地誌や礼儀作法はもちろん、各国の情勢や人に関する知識をひたすらに教えた。

あの信長がそれによくついてきたのは確かで、先日の評議をくぐり抜けることができたのも、光秀の薫陶《くんとう》を生かしたからだ。

「だからといって、安心はできぬ。いつ、どこから知られるとも限らぬ。姿を現したことで、あの上様はこれから多くの者と会う。京の公家、寺社の大立者。日の本各地からの使い。数えきれぬ」

「そこには知った顔もあり、話をすれば、辻褄《つじつま》があわぬことも出てこよう。その時、どのようにごまかすか。そもそも、ごまかしきれるのか。よくはわからぬ」

行政の嘆きが、狭い板間に響く。

「知っておるか。あの信長が何をねらっているか。毛利や北条、上杉との戦いをつづけつつ、検地をなすつもりでいる」

「何だと」

利三は驚いた。まさか、そんなことを考えていようとは。

「知ってのとおり、上様は検地のことをまるで考えておらなかった。やったのは畿内、しかも、ほんの少しだ。尾張や美濃では一度もやっておらぬ。

一〇年以上、合戦がおこなわれていないにもかかわらず、作物がどれぐらいで、どのぐらいの民を養うことができるのか、まったく気にしていなかった。北条や毛利、上杉でもやっていたのにな」

行政の声は厳しい。光秀と共に、丹波の政《まつりごと》にかかわっていただけに、これまでも領地を放置する信長のやり方を批判していた。

織田領内での検地は、光秀の丹波や秀吉の播磨、ほかにも和泉や、河内、大和でおこなわれていたが、ほとんどが武家や寺社からの申し出を受けるだけの指出《さしだし》で、実際に田畑を測った場所は数えるほどしかなかった。

検地の目的も石高を把握するよりは、どれぐらいの兵を動員できるか知るためで、内政に向いていたわけではなかった。

信長は、家臣に兵を出すように命じたが、その数については定めていなかった。多ければ平気だが、少なければ文句を言われ、佐久間重盛のように財を蓄えていると批判されることもあった。

信長は、兵をそろえて戦うことだけに興味のほとんどを注いでおり、数をそろえるために田畑を整備することに興味はなかった。それは、利三の気に入らないところだった。

「そこで、いきなり検地をすると言ったら、どうなる。まったく違うのだから、気にする者も出てこよう」

差違に気づく者は、いずれ出てくるだろう。もしやすると、すでに疑われているかもしれない。

真偽を問いつめられた時、どのように対応すればいいのか、利三にはわからないままだ。光秀にも問いただしてみたが、答えはなかった。

確かなことは、光秀とその家臣に逃げ道はないということだ。

「いったい、どこで間違えたのであろうか」

「どういうことだ」

「いや、我々がここまで追い込まれたのは、どんな理由《わけ》があってのことかと思ってな」

利三は吐息をついた。

「本能寺に攻め込んだのがまずかったのか。それとも、その前から何かつまずいていたのか」

「さあな。よくわからぬ」

「領地を守っているだけで十分だったはずが、いつしか畿内のみならず、東は奥羽に、関八州、西は遠く四国、九州まで手を伸ばそうとしている。伯耆一国、石見一国という言葉が絵空事ではない。我らが目指したのは、このようなものだったのか」

「殿は、昔から天下静謐を気にかけておられた。公方様とかかわるようになったのも、そのためよ」


行政の言葉が重く響く。

光秀は、信長に仕えて京へ進出する前から、天下に思いをはせていた。戦乱の世を治め、太平の時代を築くことが自分の使命と考えており、その視野は並の武将よりも広かった。

だから信長に従って、畿内を押さえ、丹波をまとめることができた。

だが、それは本当に光秀がやらねばならぬことだったのか。

もっと早い頃合いでやめて、美濃の片隅で静かに暮らすことも正しい生き方ではなかったのか。

日の本をまとめあげ、新しい武家の世を作りあげるという目標はあまりにも壮大にすぎ、その大きさ故《ゆえ》に、光秀を不幸にするかもしれない。

「いざとなったら、上様を取り除くよりあるまい。たとえ、殿の意に反することになってもな」

「同感だ。その時は、我も手を貸すぞ」

行政の言葉を聞いて、利三はうなずいた。

ありがたい話だ。思いをわかっている者がいるだけでも、支えになる。

真相に何者かが気づいたら、大事になる前に、あの信長を討ち取り、すべてを闇に葬《ほうむ》る。光秀に、恩を返すにはそれしかなかった。

利三は、かつて稲葉《いなば》一鉄《いってつ》の家臣であったが、不遜な態度と軍功に対する不当な評価から致仕《ちし》し、しばし浪人した後、光秀の家臣になった。

一鉄は利三を稲葉家に戻すように要求したが、光秀は突っぱねて、申し出に応じようとはしなかった。信長を通じて話が着た時も、拒みつづけた。

利三を戻せば、稲葉家で成敗されるとわかってのことで、たとえ一鉄との関係が悪化しても、光秀は家臣を守るため、己《おのれ》の意志をつらぬいた。

その話を知って、利三は光秀のために忠義を尽くそうと決めた。たとえ、間違ったことをしても、最後まで仕え、生死を共にするつもりだった。

信長の変貌により、光秀は主君を討つという大罪から逃れることはできたが、さらに大きな問題を抱えこむことになった。

情勢は以前よりも悪化しているわけで、最悪の事態を避けるためにも、利三はさらなる忠義を尽くす必要があった。

光秀の下知に逆らうことになっても、いざとなれば、今の信長を取り除く。それが彼の決意だった。

「さて、この先であるが……」

そこで人の気配がして、利三は口をつぐんだ。

声をかけたのは、行政である。

「誰か」

「並河八助《なびかやすけ》でございます」

板戸の向こう側から若い声が響いてきた。

「左馬助様からの書状を持って参りました」

並河八助は、丹波の国衆、並河易家《やすいえ》の子であり、光秀の近習《きんじゆう》として仕えていた。今は、明智秀満の側近で、連絡役として近江、京、丹波の間をめまぐるしく動いていた。

「左馬助から書状か。何かあったか」

「確かめてみないとな。入れ」

襖《ふすま》が開いて、初々しさの残る武将がにじって入ってきた。その手にはすでに書状があった。

四

九月二六日　備後神辺城《びんごかんなべじよう》

小早川中務大輔《こばやかわなかつかさのたいふ》隆景《たかかげ》が広間に入った時、すでに三人の武将は腰を下ろして待っていた。車座なため、隆景の座るべき場所だけがぽかりと空いていて、ひどく間の抜けた印象を与えた。

「これは、待たせてしまったようで、申しわけありませぬ」

隆景が頭を下げると、白髪の武士が笑って応じた。

「かまわん。刻限よりも早く来たのは、我らよ。年を取ると、気が急いていかんな」

茶の素襖《すおう》がよく似合っている。ゆったりとした着こなしは、穏やかな当人の性格をそのまま示しているかのようだ。

表情は穏やかで、口調もやわらかい。

福原出羽守貞俊《ふくばらでわのかみさだとし》は安芸《あき》福原家の当主で、毛利家の筆頭家老の地位にある人物だ。父の毛利元就《もとなり》に仕《つか》えて、その覇業を支えてきた。伊予出兵では、自らが陣頭に立って水軍を指揮した実績もある。

元就の死後は、孫の毛利輝元《てるもと》を支えて、隆景とともに、山陽道のまとめ役を務めていた。

篤実な人物で、家中の信頼も高い。

「さよう。気にすることはない。おぬしは、おぬしで、忙しかろう」

白髪交じりの武将が隆景に顔を向けた。

鋭い眼光は、昔から変わらず、慣れぬ者だったらすんでしまうほどの迫力である。紫の大紋が実によく似合っている。

「長宗我部の動きが激しくなっていること、こちらにも届いている。伊予にも進出しているのであろう」

「そちらは、さほどでも。主力は阿波と讃岐。すでに白地城には一万を超える兵が集まっております」

隆景は腰を下ろした。

「気にしていただき、恐縮です。兄上」

隆景の言葉に、吉川駿河守元春《もとはる》は仏頂面《ぶっちょうづら》のまま応じた。

「伊予に進出してくるのであれば、放ってはおけぬ。先のことを考えて動かねばな」

不器用なふるまいも昔と変わらない。

元春は自分の感情を出すのが下手で、今は亡き父や兄にもよくからかわれていた。若い頃はどうにか変えられぬかと思っていたようだが、妻や家臣に今の自分の姿が慕われていると知って、気にするのはやめたようだ。荒っぽいふるまいも、わかっていると愛《いと》おしい。

「長宗我部は、ひとまず気にせずともよいでしょう。我らが目を向けるべきなのは、織田かと」

隆景が視線を向けると、袈裟を身につけた男がうなずいた。

「左様。織田は因幡、備前に兵を集めており、いつ攻めかかってきてもおかしくありません。とりわけ、山陰道の明智日向。こちらは二万五〇〇〇の兵をそろえており、すでに先鋒は因伯の国境に達しております」

安国寺《あんこくじ》恵《え》瓊《けい》は静かに語った。

恵瓊は安芸武田家の末裔《まつえい》であり、京の東福寺《とうふくじ》で修行を積んだ後、安芸の安国寺の住持《じゅうじ》となった。早くから毛利家に仕えて、元就、さらには輝元を支え、諸侯と活発な駆け引きをおこなって、その名を天下に広めている。

将軍足利義昭ともかかわりを持ち、信長に追放された後、備後鞆《とも》の浦《うら》に義昭を受けいれるように勧めたのも彼であった。織田家とのつながりも深く、信長やその家臣と何度となく顔をあわせている。

先だって、羽柴秀吉が備中を攻めたてた時には、恵瓊が主導権を握って、和睦交渉をおこなった。

京での騒乱があって、結果的には破談となったが、何事もなければ、清水宗治の切腹と備中、美作、伯耆の割譲を条件に、織田と手を結んでいたかもしれない。

知謀に長《た》けた僧侶であり、家中の信頼も厚い。

しかし、隆景は知に頼って、他人を思うがままに操れると思っているところに危機感をおぼえていた。そのうち毛利家を手札にして、途方もない大博打《おおばくち》を打つように思えてならない。

失敗したら、毛利家は破滅であるが、自信家の恵瓊は果たして最悪の事態を想定するかどうか。

「織田は、我らと正面から戦うということか」

貞俊の言葉に、恵瓊はうなずいた。

「間違いありませんな。仕掛けは早いかと」

脂ぎった顔には、笑みが浮かんでいる。隆景は鋭く切り込んだ。

「御家が追い込まれて楽しいか。恵瓊」

「左様なことは。むずかしい局面に立たされたと思っております」

「余裕があるように思われるが」

「やりようは十分にあると考えています。なにせ、京の騒乱が起きる前より、我らは有利な立場にいるのですから」

「確かに、岡山城は手にして、伯耆でも羽衣石城に迫りつつある。悪くはない流れだ」

元春は扇子で膝を叩いた。

ただ渋い表情から、隆景と同じく、事態を憂《うれ》いていることはわかる。

毛利家は、京の騒乱が起きてから二日後、つまり六月四日の時点で、明智光秀が京に乱入したという知らせはつかんでいた。ただ、信長の生死は不明で、畿内の情勢もつかんではいなかった。

その時、秀吉を討つべきと声をあげたのは、元春だった。信長が死んだのであれば、和睦は成立しない。すぐにでも秀吉を叩いて、備前、美作を取り戻すべきと考えたのである。

反対したのは、隆景である。今は毛利家を保つことが大事であり、うかつに手を出して、織田家の反感を買うのは望ましくないとみた。信長の生死が不明であれば、なおさらだった。

意見は対立したが、折衷案を示したのは恵瓊だった。秀吉は討たず、あえて後退を認める。その上で引き下がった後の備前、美作を押さえて、勢力範囲を拡大するという策だった。

それは和睦を捨て、織田と対決することを意味する。危険であると隆景は反対したが、元春が消極的ながらも賛成し、主君の輝元が同意したことから備前、美作への進出は毛利家の方針となった。

恵瓊は、秀吉の後退で動揺する宇喜多家をわずか五日で切り崩し、秀家を追放して、岡山城を手に入れた。そのうえで、美作の草刈《くさかり》家、江見《えみ》家を味方につけ、伯耆へ進出する足がかりを築いた。

その手並みは見事で、隆景も感心せざるをえなかった。

八月に入ると、南条元続と雌雄を決するべく、元春が東伯耆に攻め入った。羽衣石城、さらには伯耆岩倉城をさかんに攻めたてたが、孤立無援の情勢であるにもかかわらず、元続は踏みとどまって、突破を許さなかった。

やむなく抑えの兵を置いて、因幡の要衝、鳥取城を目指す策に切り替えたところで、信長が姿を見せたのである。

すでに信長が生きていることは明らかになっており、書状を頻繁に出していることもつかんでいた。しかし、姿は隠したままで、大きな怪我をしたのではという噂も流れていた。

その懸念も、城で評議を取り仕切り、その後、安土と京で顔見せまでしたとあっては、健在であることを認めざるをえない。

因幡に明智勢が進出していることも、信長が毛利との決戦を求めていることを感じさせた。毛利の領土は広がっているが、油断はできない。

「半ば成立していた和睦を捨てたのは、我ら。今さら言い訳はできませぬ」

隆景は一同を見回した。

「信長は決して許しません」

「とことんまでやるだろうな。あの気性なら」

貞俊は腕を組んだ。

「このたびは、備前、伯耆のみならず、淡路や阿波、さらには東国でも攻めに転じるという。敵をすべて叩きつぶす勢いで、実にあの者らしい」

「果断ですな」

恵瓊が目を細める。

「出羽様のおっしゃるとおりですが、いささか気になるところもございますな」

「どういうことだ」

「これまでの信長とはちと違うかと」

「苛烈《かれつ》なふるまいこそ、あの男の本性ではないのか」

「確かに、そのとおりですが、拙僧の目には違って見えるのでございますよ」

遠回しな表現に、貞俊が顔をしかめる。気持ちはよくわかる。自分の知恵を自慢したいのであろうが、それが賢しいとなぜ思わぬのか。

「ここのところ信長は、動きが鈍くなっていました。間違いなく」

隆景が割って入った。

「自ら兵を率いて出陣することはなく、家臣にまかせきりでした。越中や備前のような遠国ならばともかく、伊賀や武田攻めにしても、己《おのれ》の息子にまかせておりました。悠々、物見でもしているかのようで、さながら呆《ほう》けているようだったと」

「なるほど。確かにな」

「安土でさんざんに遊んで、政《まつりごと》を投げ捨てたという話も聞き及んでおります。身の回りをお気に入りで固めて、享楽の場に閉じこもっている。そのように手前には思えました」

「老いだな。信長も老《ふ》けた」

吐き捨てるように言ったのは、元春だった。

「天下静謐《せいひつ》を成し遂げたと思って、堕落したのであろう。見苦しいことこの上ない」

老いは享楽へ直結する。

誰もが楽をしたいと考えており、先がないと思えば、人は堕落する。信長もその一人であったのかもしれない。

だが、隆景はそんな信長を認めたくなかった。どのようなかたちであれ、あの苛烈な人物が堕ちていく様子は見たくない。常に先陣に立ち、輝きを放ったまま消えてほしいと願ってやまなかった。

「今の信長は違うと」

貞俊に問われて、隆景はうなずいた。

「以前の熱気を取り戻したように思われます。聞くところによりますと、四国征伐に自ら陣頭に立って下知を出すとのこと。戦《いくさ》の場に身を置くのは久しぶりで、これまでとは違う何かを感じます」

「人が変わったかのようですな」

恵瓊の言葉に反応したのは、元春だった。

「人の中味が入れ替わるものかよ。それとも狐《きつね》にでも憑《つ》かれたか」

「そのように見えると言っておるだけです」

鼻にかかるような言い回しも、恵瓊らしい。知恵が勝ちすぎると、あまりよいことはない。

「どう変わったにせよ、織田は来る。こればかりは変えられぬ」

「ならば、迎え撃つよりあるまい」

元春は懐《ふところ》から絵図を取りだすと、車座の中央に置いた。

大きさは畳一枚分で、そこには因幡、播磨から、備前、伯耆、美作を経て、石見《いわみ》、備中、備後の様子が細かく描かれていた。

「播磨の羽柴筑前は、岡山城をねらってくるだろう。これは、おぬしが何とかせい。とにかく抜かれなければよい」

「はい」

隆景はうなずいた。山陽道は彼の担当である。

「美作への目配りも頼む。その間に、儂《わし》が伯耆に出て、明智勢を食い止める。先鋒を打ち破り、その勢いで羽衣石城を落とす。伯耆を固めれば、織田勢は鳥取城にこもるはず。その後のことは、その後で考えればよい」

「将軍を担いで、上洛することもできますが」

恵瓊が口をはさむと、元春は扇子を振って、不快感を示した。

「馬鹿なことを言うな。公方に何の力がある」

「いまだ、上杉、北条、三好とはつながりを持っております。淡路攻略で、三好勢を動かしたのは、公方様であることをお忘れなく」

「畿内では、とうに忘れられておる。何の役にも立たぬどころか、かえって、縛られるだけだ」

鞆の浦の足利義昭は、各国の武将に手紙を出して、協力を要請していたが、出兵を申し出る勢力は一つとしていなかった。その名前を尊んで返信の内容が好意的であることに留まっている。

そもそも、隆景は義昭を迎え入れるのは反対だった。織田との対立が決定的になるだけでなく、義昭にいいように使われて、毛利家の立場が危うくなるとみていたのである。

義昭は野心家であり、幕府の復興をあきらめていない。そのしぶとさは、賞賛に値したが、巻きこまれるのは願い下げである。

結局、恵瓊に押し切られる形で、下向を認めたのであるが、毛利家の役に立っているかと問われれば、何の意味もなかったと応じざるをえない。

元春も義昭を好ましく思っておらず、表舞台に引き出すことは考えていなかった。

「阿波、讃岐の三好勢と手を組めたのはよかったが、長宗我部を封じることができないのでは、何の意味もない。むしろ、手を貸してくれと言ってくる始末で、我らの足を引っぱっているではないか」

「そこは、水軍を動かして、少しでも……」

「うかつに出せるか。塩飽《しわく》勢が織田に味方したことを忘れるな。痛手を受けたら、それこそ瀬戸内は織田に荒らされるぞ」

元春の舌鋒《ぜっぽう》は鋭く、さすがの恵瓊も沈黙した。

三好と手を組み、淡路奪還を助けたまではよかったが、長宗我部の侵攻を抑えることができず、四国情勢は不利になる一方だった。

その傍《かたわ》らで、信長は長宗我部元親と手を結び、三好勢を圧迫している。大敗することになれば、阿波、讃岐は敵方の手に落ちる。

「畿内には手を出さぬ。今は毛利の本貫を守ることを第一に戦っていく」

「同意する。無理して踏み出す必要はない」

元春のみならず、貞俊にも言い含められて、恵瓊はうつむいた。

しかし、その瞳が鋭い輝きを放っていることを隆景は気づいていた。

何か裏がある。義昭以外にも何か札を手にしており、それが畿内への野心と結びついているように思える。

いつから、恵瓊がその札を手にしていたのか。

はっきりとしたことはわからないが、おそらく京の騒乱がかかわっている。

光秀の乱行で、織田家は大きく揺らいだ。これまでとは内情が大きく変わっており、その一つに食らいついたのかもしれない。

油断はできない。放置しておくのはあまりにも危険だ。

「では、伯耆を押さえ、備前岡山を守り抜くということで、よろしいですな」

隆景の言葉に、元春と貞俊はうなずいた。恵瓊も渋々という形で応じた。

織田勢を打ち破って、領土を確保しつつ、和睦への手を打つ。都合がよいことは承知しているが、これが毛利家にとって最善であった。

だが、それをやり遂げることができるかといわれれば、即答することはできない。

織田家は強力であり、五月に備中高松城に押し寄せた時にも、兵力は味方の倍だった。今回は山陰道にも二万を超える兵力を投入しており、毛利は五万以上の敵と対峙せねばならない。総力を挙げても五分に渡りあうのは厳しい。

信長は積極的になっており、おそらく勝ち進んでいるかぎり、和睦には応じない。

以前と同じか、それよりも苛烈に、容赦なく毛利勢を粉砕するであろう。

「いったい、信長は何を考えているのか」

つぶやいたのは、貞俊だった。

「本気で、日の本をまとめあげるつもりなのか」

「わかりませぬ。大それたこととは思いますが、ないとは言えませぬ」

「嵐が大きくなって戻ってきたか。難儀なことだ」

貞俊は息をつき、元春は顔をしかめた。恵瓊ですら口を一直線に結んでいる。

毛利家の存亡を賭けた戦いがはじまる。

敗北すれば、すべてを失い、家臣一同、朝露のように消え去る。最悪の事態を避けるために、できるだけのことをするつもりだったが、それでも足りないかもしれない。

織田家について調べた結果、隆景は、その内側に大きな亀裂が入っていることを知った。側近と重臣の間には深い対立があったし、譜代衆は外様勢に対して露骨に見下すような態度を取っていた。

信長はそれを煽《あお》るかのように、側近と譜代衆を依怙《えこ》贔屓《ひいき》していた。

光秀が乱入したという話を聞いて、外様勢の怒りが弾けたかと思ったが、騒乱は広がらず、信長も生きて織田家を束ねていた。

それでも、家中の問題が解決したとは思えない。

信長が変わったのであれば、むしろ、そこにこそ付けいる隙《すき》がある。

信長に長く仕えていて、その動きに詳しい人物。さらには織田家を支える実力があり、おそらく新しい動きに不満を持っている者といえば……。

猿顔の武将を頭に思い描いたところで、隆景は一つの決断を下した。

毛利家を守るためには、どんなことでもする。

たとえ、それが敵とつながることになっても。

第二章　伯耆の死闘

一

一〇月二日　羽衣石城

「攻めよ。城門は目の前であるぞ」

吉川治部少輔元長は、槍を振りあげ、味方を鼓《こ》舞《ぶ》した。手綱《たづな》を振って、馬を前に出すと、周辺の将兵もそれにつづいて突進する。

虎口《こぐち》の手前で控えているのは、南条元続の兵だ。

わざわざ城門を開いて、騎馬武者を繰りだしており、両軍の兵が激しくぶつかる。

この状況下で打って出るとは。

嘗《な》められたものである。

つまらぬふるまいが、どれほどの報いを受けるか、思い知るがいい。

「かかれえ！」

元長が下知すると、騎馬武者が突貫して、南条勢の側面を突く。

槍衾《やりぶすま》が大きく右に回るも、動きは遅く、毛利勢の突破を防ぎきれない。

喊声《かんせい》があがる。

南条の足軽は次々と倒され、陣形が崩れていく。

「ようし、このまま押し切るぞ」

元長が馬の腹を蹴ったところで、毛利勢の右側面に騎馬武者の一団が現れた。

数はおよそ一〇〇。

たちまち元長の手勢は押し込まれる。

「おう。そこにいるは、吉川家の役たたずではないか。父の威光を笠に着て、威張り散らしているだけの馬鹿者めが」

黒の三枚胴に、桃形の兜《かぶと》。袖は目立つ赤で、前立は三日月だ。

手には朱塗りの槍があり、あえて顔をさらして、元長をにらみつけている。

「我は、南条家にこの男ありと言われた奥山信《おくやましん》右衛門《えもん》。尋常に勝負」

「ほざけ、この雑兵が」

はじめて聞く名だ。体格は貧相で、とうてい名のある武士とは思えない。

おそらく、この合戦にあわせて、どこかの浪人者を受けいれたのであろう。

「その口、ふさいでくれるわ」


元長は手綱を振って、奥山に挑む。

両者が間合いを詰め、ついに激突する。

先に、槍を振るったのは、元長だった。強烈な突きを顔面に放つ。

巧みに、それをさばくと、奥山は肩口をねらって一撃を放つ。

袖をかすめて、元長はよろめく。

第二撃は、顔をねらってきたが、それは下がってかわした。

「どうした。逃げるだけか」

「戯《ざ》れ事《ごと》を」

元長は馬を左に回して、槍を激しく突き出す。

奥山は迎え撃つが、その動きは遅い。

肩をつらぬかれて、うめき声をあげる。

反撃が来るが、それも元長はかわす。

奥山の槍さばきは悪くないが、元長には及ばない。馬の質も悪く、激しい運動にはついていけないのが見てとれる。

やはり、雑兵だ。

毛利家に仕官を求めてきても、早々に追い払ったに違いない。

元長は、馬をぶつけると、その足に槍を振るった。草摺《くさずり》をつらぬかれて、悲鳴があがる。

よろめいて下がったところで、元長はその顔面を槍で刺した。

血飛沫《ちしぶき》が舞って、奥山は馬から落ちた。

「こんな奴、首を取るまでもない」

味方の足軽が押し寄せてくるのを確かめると、元長はその場を離れて、城門に向かった。

羽衣石城は、伯耆と因幡の国境に近い東条湖《とうじょうこ》を見おろす要衝に建てられている。屈強な山城で、何度となく攻めたてたが、いまだに城門を打ち破ることができない。

羽衣石城を手にすれば、伯耆一国を掌中にできるばかりか、その先につながる因幡鳥取城の攻略も見えてくる。

早くに落としたいところであるが、南条勢は手強《ごわ》く、なかなか突破口は見いだせずにいた。

「治部様、どこにいらっしゃいますか。治部様」

高い声が響いてきて、青の具足を身にまとった若武者が姿を見せた。馬を巧みに操り、足軽の合間を抜けてくる。

「おう、弥三郎《やさぶろう》か。こっちだ」

「ご無事でしたか、治部様」

兼重弥三郎《かねしげ》が馬を寄せてきた。毛利家家臣、兼重元宣《もとのぶ》の息子で、二年前に家督を嗣《つ》いだ。

顔にはまだあどけなさが残るが、山陰道で織田と戦いつづけた猛将であり、その武勇には信頼を置いていた。

「横合いから攻められたので、心配しておりました」

「何の。小物でたいしたことはなかったわ。それより、城門はどうだ」

「取りつけませぬ。南条の手勢が固めております」

「生意気な。どこまで手こずらせるか」

声があがり、正面で毛利勢が押し返された。敵は一〇〇あまりだったが、勢いがあり、味方はその流れを食いとめることができない。

「何をやっているのか」

元長は、羽衣石城に近い馬野山砦《うまのやまとりで》に進出して、攻撃をかけていた。

本来ならば、父である元春の到着を待ってから攻勢に出るべきだったが、鳥取の明智勢が西に向かったという知らせを受けて、あえて手持ちの一万で仕掛けたのである。

昨日からの攻撃で、何度となく大手門には近づくのであるが、猛烈な反撃を受けて、たどり着く前に追い返されていた。

搦手《からめて》の味方も、空掘にはまったところで矢玉を受けて、大きな犠牲を出していた。

「ここは、一度、下がってみては」

「駄目だ。あと少しで抜くことができる。ここは無理してでも押すべきだ」

「されど、これ以上、味方が討ち取られては」

右前方で、騎馬武者が動いて、旗印が大きく揺れた。赤地に白で夕顔の花の家紋が染め抜かれている。

南条與兵衛《よへえ》信光《のぶみつ》の旗だ。

城外に出て来たのは、あの者であったか。

昨日の戦いでも、弟である吉川経信《つねのぶ》の前に立ち塞がって、最後まで元長との合流を防いだ。

あそこで味方が来ていれば、搦手の攻勢に手を貸せたのに。

頭に血がのぼって、元長は馬を走らせた。

「ここはまかせる。大手門を攻めよ。こちらは搦手に回る」

「無茶はいけませせぬ。まずは落ち着いて……」

「やむを得ぬ。織田の本隊が来る前に、決着をつけねばならぬ」

元長は精鋭を率いて戦場を駆け抜け、南条勢の正面に立ち塞がった。

「南条與兵衛。これより先はいかせぬ」

「おう。吉川家の嫡男がわざわざ出迎えか」

顎髭《あごひげ》を生やした男が笑って、馬上で槍を構えた。三つ鍬形《くわがた》の後立が目を惹く。

南条信光はかつて毛利家に人質として差し出されていたことがあり、南条元続が離反した時にも手元にいた。そのため　元春の手で処刑されるところだったが、数奇な縁で南条家に戻されて、しばらくは羽衣石城周辺の村落に身を隠していた。

それが京の騒乱で伯耆が大きく揺れると、元続に呼び戻されて、こうして元長と干戈《かんか》を交えることになった。

人質時代には、何度も顔をあわせて話もした。共に戦場に立とうと約束したが、まさか、このような形で相まみえるとは、予想していなかった。

「これも因縁。おとなしく首を差し出せ」

「そうはいかぬ。一度は預けた命、ここで返してもらうぞ」

元長は果敢に突進し、信光もそれを受けた。

間合いがたちまち詰まって、面当てをした相手の顔がはっきりと見えたところで、双方ともに槍を振るった。

穂が激しく激突して、鈍い音をたてる。

元長は馬を回して、信光の側面をねらうが、それは下からの槍で食い止められてしまった。

逆に鋭い一撃が肩に迫るが、それは元長が払った。

腕をあげた。以前よりも、槍の動きが鋭い。

「これ以上はやらせん」

元長が槍を構え直したところで、その周囲を味方の騎馬武者が囲んだ。

「治部様を守れ。好きにやらせるな」

「押し返せ。ここが切所《せっしょ》よ」

南条勢も騎馬武者を前に押し出すと、両者が激しく激突する。

戦場は激しく混乱し、元長は押し流されるようにして後方に追いやられていった。

二

一〇月二日　羽衣石城

日が暮れた頃合いをみて、南条勘兵衛元続は会所の奥にある広間に入った。

やわらかい灯りが、冷たい板を照らし出す。

腰を下ろすと、自然と大きな息が出た。

「どうでしたか。兄上」

声をかけたのは、元続の前に坐っていた男だった。

二枚胴を身につけ、傍《かたわ》らに兜を置いている。

顔は縦に長く、頬の肉は大きく落ちていた。一見すると痩せ過ぎのように見えるが、炯々《けいけい》と輝く瞳が表情に強い覇気を与えており、貧弱な雰囲気を完全に払拭していた。

元続の弟である小鴨《おがも》左衛門尉《さえもんのじょう》元清《もときよ》だ。

一〇年前に小鴨家に養子に入って家を嗣《つ》ぎ、元続と共に毛利家に仕《つか》えていたが、天正七年、離反し、今は伯耆岩倉城の城主として、織田に味方して戦っている。

元続が八橋城《やばせじょう》奇襲に失敗した時には、殿軍《しんがり》を務め、吉川勢の追撃から味方を守ってくれた。

元続が最も頼りにする人物で、織田に味方するか迷った時にも、元清に相談して方針を決めていた。

「何とか追い払った。與兵衛がうまくやってくれた」

「それは何より。城から飛び出した時には、どうなることかと思いましたが」

「折を見て仕掛けろとは言ったが、まさか、あそこまで出るとはな。やりすぎだ」

「正直、肝を冷やしました」

元清は顔をしかめた。

吉川元長が八橋城に兵を集めていると聞いた時から、元続は羽衣石城にこもると決めていた。

すでに明智勢は鳥取まで進出しており、時を置かず、因伯の国境に姿を見せる。それに合わせて兵を繰りだせば、毛利勢を打ち破ることができるという見立てだった。

元長の動きは、予想よりも早かったが、それでも対応は間に合った。

「矢玉には、ゆとりがある。これなら、一月《ひとつき》は保つというのに、無茶をしおって」

「まあ、今日のところは押し返すことができたので、よしとしましょう。うまく時を稼ぐこともできました」

「ああ、これなら、危なくなる前に、明智勢が来てくれよう」

元続は息をついた。

「助かる。まさか、ここまで早く織田が兵を回してくれるとは思わなかった」

元続が織田に味方したのは、羽柴秀吉に誘われてのことであり、毛利よりも当てになると判断したためであったが、実のところ、織田の動きは彼が考えていたよりも鈍かった。

鳥取城を制したら、すぐに伯耆に進出してくると思っていたのに、山陽道に集中し、元続は放置されてしまった。

そのため、羽衣石城は、何度となく吉川元春の手勢に攻められて、落城寸前まで追い込まれた。味方にも多くの犠牲が出た。

伯耆の国衆も、織田が彼らを軽くみていると考えて、離反してしまい、元続に味方する勢力は片手で数えられるだけになってしまった。

奥山信右衛門のような問題のある武将を受けいれたのも、陣容が手薄になったからだ。

元続が自ら出向いて秀吉に支援を頼もうとしていたその時、京の騒乱が起きた。

「あれで、我らは負けたと思った。信長が死んだら、織田家は崩れ落ちるとみていた」

元続の言葉に、元清はうなずいた。

「手前もです。傍目《はため》にも、織田家をとりまとめていたのは信長で、嫡男にすら肝心なところをまかせていませんでしたから」

「幸い、信長は無事だった。そればかりか、山陰道に明智日向を回して、我らの後押しをする旨《むね》を書状で告げてきた。これまでとは、えらい違いだ」

毛利との戦いは、羽柴秀吉にまかせていて、信長が口をはさむことはほとんどなかった。これまでは秀吉の関心が播磨、備前に向いていたこともあり、南条家は明らかに軽視されていた。

南条家は、二〇〇年も前から伯耆に根付く一族で、羽衣石城を拠点にして、東伯耆ににらみを利かせてきた。応仁の乱では守護の山名家に逆らい、勢力を拡大し、一時は伯耆の半分を制圧するに至った。

尼子《あまご》が進出してくると、一時、その軍門に降ったが、頃合いをみて叛旗《はんき》を翻《ひるがえ》し、大内家《おおうちけ》、毛利家に味方した。

元続の父、南条宗勝《むねかつ》は勢力の移り変わりを正しく見抜いて、南条家を保った。他の国衆が没落したこともあり、今では東伯耆で、もっとも有力な勢力となっている。

その名家を織田は長年にわたって放置した。もう一度、毛利に寝返ることも考えたが、干戈《かんか》を何度となくかわしたこともあり、今さら受けいれてもらえるとは思わなかった。

この先、どうするべきか迷っていたところで、信長は光秀を派遣するだけでなく、播磨の羽柴勢を動かして、美作から毛利勢を押し込む策も取ると示してきた。

突然の方針転換には、驚かざるをえない。

「これまでの借りを返してくれるのでしょうか」

「そんな殊勝《しゅしょう》な男ではあるまい。気が向いただけであろう。せっかくだから、我らはその尻馬に乗らせてもらおう」

「ですな」

元清は笑った。

「して、明智勢はどの程度かと」

「書状によれば、先鋒は明智左馬助で五〇〇〇。ついで日向が自ら率いる一万五〇〇〇、後詰めには、溝尾庄兵衛の五〇〇〇で、計二万五〇〇〇とある。丹波衆が間に合えば、もう少し増えると」

「心強いですな」

「だが、毛利勢も侮《あなど》れん。そろそろ、吉川駿河の手勢が来る。七〇〇〇といったところか。息子の治部が五〇〇〇。これに伯耆の国衆をあわせて、一万七〇〇〇が敵方の兵力だ」

「我らが加われば、数では上回ります」

「それがすべてではないことは、おぬしにもわかっていよう。元清」

元続は苦笑いを浮かべる。

「伯耆の国衆は、京の騒乱以来、様子見だ。織田、毛利のどちらに味方するか、この先の戦《いくさ》ぶりを見て決めるつもりでいる。ちょっとでも隙《すき》を見せれば、羽衣石に押し寄せてくるだろう」

「裏切り者が出てくることもありえますな」

「怪しい者は、両の手で数えきれん。きわどい戦いになる」

奥山信右衛門はその筆頭であった。吉川元長に討ち取られたのは、幸いだったかもしれない。

「緒戦が肝心よ。明智日向の手腕、見せてもらうことにしよう」

話を終えたところで、城門からの使者が来て、元続は腰をあげた。

戦いはまだつづく。家臣をねぎらい、この先の方針を示すことが彼に与えられた役目だった。

三

一〇月五日　馬野山砦東方半里

光秀が差配を振ると、陣太鼓の音色が晩秋の空気をゆるがした。

二度、三度と重い音色が響く。

水色桔梗《ききょう》の旗が揺れて、右翼の騎馬武者が飛び出していく。狭い大地を巧みに抜けて、吉川勢の横合いに迫る。

吉川勢は防戦の準備を整えるが、そのはるか手前で明智勢は馬を止めて、横並びになる。

わずかな間を置いて、銃声が轟《とどろ》き、右翼が煙につつまれる。

敵の騎馬武者が馬から落ちる。

銃声が轟くたびに、その数は増えていく。

吉川勢に動揺が走る。

思い切って前に出る騎馬武者もいたが、さらなる号音で、討ち取られてしまう。

一部が後退に入ったところで、新たなる騎馬武者が前に出て、吉川勢に打ちかかった。

槍を振りあげ、正面から敵に挑む。

喊声《かんせい》があがって、色鮮やかな騎馬武者が入り乱れて戦う。

「うまく突き崩すことができましたな」

光秀の横に馬を並べてきたのは、赤の具足を身につけた若い武将だった。

面当てをしていないので、涼しげな顔に笑みが浮かんでいるのが見てとれる。

華奢《きやしや》な身体付きで、戦場に来たらどうなるかと思っていたが、馬上の姿は堂々としており、見ていて不安はない。

妻木《つまき》頼忠《よりただ》は、光秀の与力を務めた妻木広忠《ひろただ》の孫であり、京の騒乱で広忠とその子である貞徳《さだのり》が隠居すると、家督を嗣《つ》いで光秀に仕《つか》えることになった。

まだ一九歳と若く、活気に満ちており、その瑞々《みずみず》しさは好ましい。

できることなら、息子の光慶《みつよし》に仕えて、明智家を支えてほしいとは思うが、こればかりは縁であり、強制することはできない。

「騎馬鉄砲、ここへ来て生きましたな」

「うまくかみ合った。さすがは、安田《やすだ》作兵衛《さくべえ》。槍だけではない」

　安田作兵衛は美濃安田の出身で、当初は斎藤利三に仕えていたが、その後、光秀の直臣となった。京の騒乱では、秀満とともに、本能寺を攻めた。

　愛嬌のある人物で、苦境に遭ってもからからと笑い、緊張感をやわらげる役目を果たす。

　荒くれ武者からの信頼も厚く、それだからこそ、光秀は切札の騎馬鉄砲を委《ゆだ》ねた。

　騎馬鉄砲は、丹波で光秀が鍛えてきた切札で、その名のとおり、騎乗しながら鉄砲を放つ武者を集めて作りあげている。

　全員が小ぶりの火縄銃を持ち、組頭の指示を受けて、馬を止めて鉄砲を放つ。馬は耳元で号音が轟いても動じないように調教されており、敵兵が迫るような情勢であっても、落ち着いて反撃ができる。

　射撃速度は、足軽に比べればはるかに遅いが、それでも騎馬の速さと鉄砲の火力を併せ持つ部隊は強力と光秀は見ていた。

　丹波攻略が終わった頃から、騎馬鉄砲の鍛錬をはじめており、今回が初陣となった。

「治部の手勢が出ているうちに、決着をつけたいな」

　光秀は、一〇月五日の早朝、羽衣石城の北に陣取る吉川元長の手勢に迫った。

　一〇月三日には、国境の河口城《かわぐちじょう》を落とし、南条家との連絡を確保しており、砦《とりで》の元長を撃破すれば、天神川《てんじんかわ》を越えて、伯耆中部の要衝、八橋城を目指すことも可能だった。

光秀は、主力の到着を待たず、左馬助秀満とともに、元長の砦に迫った。

数が少ないとみたのか、元長はあえて兵を繰りだし、光秀を迎え撃った。砦が貧弱で、大軍を防ぐのはむずかしいとの判断もあったのだろう。

光秀は、激戦地から五町ほど離れた小高い大地に立って、将兵の動きを見ていた。馬に乗ったままで、何かあれば、すぐに前線に飛び出すことができるように準備を整えている。

旗指物が周囲に並び、華やかな情景が広がる。

鉄砲、弓矢による攻勢はすでに終わり、前線では主力の足軽が前に出て、激しく長柄《ながえ》を打ち合っている。

二町と離れていない大地で激しく砂埃《すなぼこり》があがり、指物を背に将兵が右に左にと動く。

雄叫びも途切れることがない。

騎馬鉄砲を繰りだしたのは、戦局を動かすためだった。膠着《こうちゃく》状態に入るのは、好ましくない。

「時はかけたくないな」

「安田様がうまく崩してくれています。もう一押しで、敵の右翼は下がりましょう」

「そうであるな」

頼忠は味方が有利に立っていることを感じとっており、このまま押し切れば、勝利できると信じている。

光秀も同じ感覚であるが、彼が気にしているのは、その点ではなかった。

織田家の方針が定まったことで、光秀は安土を離れて、山陰道に赴《おもむ》いた。伯耆を確保し、毛利との戦いを優位に進めるためであったが、そこには大きな不安があった。

できることなら、あの信長と離れたくなかった。斎藤利三と藤田行政をつけてはいるが、やはり自分の眼が行き届かないところに、あの人物を置くことには問題を感じていた。

すべてを変えたのは、六月のあの日だ。

光秀が本能寺に向かったのは、信長を討つのはやむを得ないと考えてのことで、その点についての迷いはなかった。

織田家は内部分裂寸前で、彼がやらなくとも、他の誰かが兵を挙げていた。秀吉か勝家ですら叛《はん》旗《き》を翻《ひるがえ》す可能性はあり、朝廷の動きを見ても、巨大な嵐は目の前に迫っていたと言える。

光秀は覚悟を決めており、主君殺しの大罪を自ら背負うつもりでいた。

だからこそ、信長が本能寺から出て、話し合いを求めてきた時には、動揺した。

無駄話をするぐらいならば、早々に逃げるのが信長のやり方であり、危険な状況に身をさらすことなどありえなかった。

だが、話をしてみて、その理由はわかった。

信長は光明寺一久という謎の人物に入れ替わっており、本来の人となりは完全に消え失《う》せていた。

当初、光秀は狐《きつね》憑《つ》きの一種とみなし、家臣の意見も同じだった。頭がおかしくなって、さながら別人のようにふるまう者は珍しくない。合戦の場においては特にそうだ。

信長が追い込まれて発狂し、存在するはずのない勝手な人となりを作りあげた。そのように思ったのであるが……。

話をしてみて、光秀の考えは変わった。

一久と名乗った人物は聡明で、話にも筋が通っていた。戦国の世に関する知識も豊富で、九州や四国の事情にも精通していた。

何より、信長に関する思いが強く、驚くほど裏事情に詳しかった。光秀が知らない話を聞かされて、息を呑んだこともあった。

彼は光秀と話しあった後で、このように語った。

「自分が信長となって、天下をまとめあげる」

その表情には、強い怒りがあった。

信長の堕落を知ると、こんなのは信長ではないと激しく声を張りあげ、涙を浮かべた。内向きになって享楽の世界に耽溺《たんでき》していることが信じられないようだった。

一久が知る信長は、光秀の知る信長よりもはるかに鮮烈で、己《おのれ》にも他人にも厳しい存在だった。ひたすら合戦に打ち込み、はるかな高みを目指す勇壮な人物像があった。

だからこそ、本来あるべき信長になると宣言して、一久は光秀に協力を求めてきた。

その無理難題を引き受けたのは、光秀の内側に天下泰平を求める心理があったからだ。美濃を出て、将軍足利義昭と離れてまで、信長に付き従ったのは、天下静謐《せいひつ》を成し遂げ、戦乱の世を終わらせることができるという思いを抱いていたからだ。

無論、領地を賜《たまわ》ればうれしかったし、家臣の為にもよい働きをして、功績を認めてもらいたいという考えもあった。

しかし、それよりも広い天下、日の本の津々浦々で暮らす万民に対する思いは強く、あまねく戦乱のない世を作りあげたいと願っていた。

堕落した信長では、それは無理だった。むしろ、自分の身を危うくする。

だが、今の信長ならば、それができるのではないか。

一久の言葉に、光秀は夢を見た。

新しく天下をつかみ、万民が幸せに生きる世界を作ることができるのではないか。

輝く希望は、男を動かす。

たとえ、それが大きな踏み間違えであっても。

むしろ、大きければ大きいほど、男の血は騒ぐ。

光秀は、来るべき新世界を胸に描きながら、手を貸すことを誓い、頭を下げた。

その後の修練で、一久は信長らしさを身につけることはできたが、それでも本来の姿からはほど遠い。騒乱の影響と言い切るには、無理がある。

にもかかわらず、あの信長は、四国討伐のために、陣頭に立つという。

無茶が過ぎる。

信長は何度となく合戦を采配してきたが、その時には家臣が周囲を厳重に警戒して危険から遠ざけてきた。信長は臆病なところがあり、安全が確保されなければ、決して陣頭には立たなかった。

それを言ったが、一久は聞かず、誰よりも前に出て合戦を指揮するつもりでいる。

彼の内側にある信長と、本来の信長との間には大きな食い違いがあるのだが、その自覚に乏しく、常に前に出ようとする。

違和感をおぼえる者が出てきたら、大変なことになる。

「いや、もう気づいている者がいるやもしれぬ」

「何でございましょう」

光秀の一人言に、頼忠が反応した。その首はわずかに傾いている。

「いや、何でもない。それより、おぬしも行け。手柄を立ててくるがよい」

「行ってよいのですか」

「無論だ。我のことは気にするな」

「では、お言葉に甘えて」

頼忠は、家臣に声をかけると、自ら馬を駆って、ゆるやかな斜面を下っていった。騎馬鉄砲の側面に入って、敵陣に突っ込むつもりでいる。

彼の働きで趨勢《すうせい》が決まるとは思えないが、決着を早めることになれば、ありがたかった。

小競《こぜ》り合いは、早々に解決する。

一刻も早く、あの信長の元に戻って、彼を支えねばならなかった。あまりにも危うすぎる。

光秀は、頼忠が飛び込んだ右翼の戦いぶりに注意を向けた。

明智勢は確実に押しており、吉川勢の側面を食い破ろうとしていた。

四

一〇月五日　馬野山砦前方

「邪魔をするな。雑兵に用はない」

堀久太郎秀政《ほりきゅうたろうひでまさ》は槍を振るって、足軽を追い払った。

血飛沫《ちしぶき》が飛んで、陣笠が宙に舞う。

あおむけになって足軽は倒れたが、すぐに別の兵が姿を見せて槍を向けてくる。

秀政は後退せざるを得ず、腹立たしさがこみあげてくる。

「我がねらうは、吉川治部の首。余計な手間をかけさせるな」

秀政が顔をあげると、前方で軍旗が揺れている。

下り藤の三引両紋《みつひきりょうもん》は吉川家の旗だ。

三男の経信か、もしくは嫡男の元長がその場に留まっていると思われる。

距離は三町あまりで、馬ならすぐにたどり着く。それができないのは、吉川勢が壁となって、彼の動きを封じているからだ。

口惜しいこと、この上ない。

秀政は一三歳の時、小姓として取り立てられて以来、信長に忠義を尽くしてきた。城の普請にかかわったり、茶会で側衆を勤めたりしてきたが、そのうち合戦にも出るようになり、雑賀攻めや有岡城攻めにかかわった。

伊賀攻めでは、一軍の将をまかされて、信楽口から乱入している。

京の騒乱が起きる前には、馬廻衆を預けられ、森成利や松井友閑と並んで、信長の側近とみなされるようになった。

毛利攻めで功をあげれば、近江坂本を賜《たまわ》ることを約束されており、秀政は欣喜雀躍《きんきじゃくやく》として備前に向かった。

しかし、京の騒乱で、その運命は変わった。

光秀が乱入して、信長の生死がわからない間、秀政は秀吉の陣地に留まって、身動きが取れなかった。和泉の織田信孝が動いた時にも、毛利勢を警戒して、播磨に戻るだけで精一杯だった。

生死がはっきりしても、信長に会うことはできず、いらだつ日々がつづいた。書状を出すことすら許されず、顔を見ることができたのは九月半ば、安土に姿を見せた時だった。

その時の信長は、ふるまいに以前と微妙な差があった。何がというわけではないのだが、騒乱の直前に見せていた、やわらかい空気は消え去っていた。

何より、はじめて会った時よりも苛烈《かれつ》な言葉を吐いたことに、驚かされた。

秀政は、光秀の与力となって、伯耆攻めに向かうように命じられたのであるが、その時の態度は素っ気なかった。温かい言葉をかけられることはなく、物言いもひどくきつかった。

二人だけで顔をあわせることもなく、新しく選ばれた小姓が側についていて、直答の機会を与えられることもほとんどなかった。

側近は各地に飛ばされており、もはや顔をあわせることもなかった。

信長に何があったのか、よくわからない。

さながら、別人になったかのような冷たい扱いには困惑せざるをえなかったが、秀政は森兄弟のように文句を言うことなく、光秀の与力として伯耆へ赴《おもむ》くことを決めた。

信長は功をあげれば報いると言った。

ならば、戦場で自分がいかに優れているかを証明すればいい。

毛利勢を倒し、四国、九州に攻め入り、大将首をあげれば、改めて信長は認めてくれるはずで、その時には以前のような温かい関係に戻ることができると、秀政は思っていた。

吉川元長との戦いは、絶好の機会だった。

幸い、光秀は彼に先鋒をまかせてくれた。

騎馬鉄砲の支援もあり、吉川勢の陣地を切り崩すことに成功したが、その先がうまくない。突破できずに苦しんでいる。

「戻るのだ。あの安土へ」

天下静謐を目前にした、あの穏やかな所に。

秀政は槍を振るうと、血飛沫が舞って、足当てが赤黒く染まった。

「穢《けが》れたわ。つまらぬ連中で」

「そこにいるは、堀久太郎と見た。我が相手いたそう」

一軍を率いて、騎馬武者が現れた。面当てで顔を隠してはいるが、整った装備と張りのある声から地位のある若武者であることは想像がつく。

「我は、吉川又次郎《またじろう》経信。その首いただく」

「余計なことを、我が欲しいのは、治部の首。弟などに用はないわ」

「何を言うか。兄上のところにはいかさぬ」

経信は、武勇に長《た》けていることで知られており、わずか一〇歳で父と共に尼子討伐戦に参加したのは有名な話だ。

秀政の血はたぎった。

相手としては悪くない。

「では、参る」

「おう。来るがよい」

秀政と経信は互いに馬を走らせ、正面から槍を繰りだした。

穂先が激しくからみつく。

秀政が槍を振りおろすと、経信が払いのけて、馬を寄せていく。

その周囲に、二人の首を求めて、将兵が集まっていく。それは、大きな渦となって、合戦にも影響を及ぼしていった。

五

一〇月六日　茶臼山砦《ちゃうすやまとりで》

使番《つかいばん》が駆けよってくるのを見て、吉川元春は息を詰めた。膝をつかむ手には、自然と力がこもる。

「申しあげます」

使番は、床机に座る元春の前で膝をついた。

「織田勢一万が馬野山砦を取り囲んでおります。治部様、又次郎様はご無事なれど、多くの手勢を失い、身動きが取れませぬ」

声には悔しさがにじんでいる。

「明智左馬助の手勢が砦の門前まで押し寄せましたが、それは押し返しております。ただ、残った味方は二〇〇〇あまり。苦戦は必至かと」

「あいわかった。よく知らせてくれた。ゆっくり休むとよい」

「そうはいきませぬ。すぐに戻りませぬと」

これにて御免と頭を下げると、使番は元春の前を去った。無駄のないふるまいには好感が持てるが、改めて死地に追い込んでしまったことには後悔の念もある。


使番は長谷部伊代《はせべいよ》といい、父親の代から吉川家に仕《つか》えてきた。まだ元服したばかりで、戦《いくさ》の場に立つのは今回がはじめてだった。

せめて無事であってほしいが……。

惻隠《そくいん》の情を断ち切って、元春は傍《かたわ》らの家臣を見やった。

「どう見るか」

「まさか、ここまで織田の動きが速いとは。読みがまるで違っておりました」

茶の具足に、筋兜《すじかぶと》という武家が応じた。茶の陣羽織は、父から受け継いだものと聞く。

吉見大蔵大夫広頼《よしみおおくらのたいふひろより》は、石見吉見家の一族で、父の代から毛利家に仕えている。

元服した直後、兄である毛利隆元の娘を嫁にもらったので、一時は元春の甥になっていたが、不幸にしてその嫁は早世してしまった。

広頼はその後も変わりなく毛利家に忠義を尽くし、九月に家督を譲られ、元春の与力として山陰道の戦いに参戦した。

身体は弱いが、頭がよく、戦局全体を見渡す能力に長《た》けていることから、元春は重宝していた。

「明智勢が迫っていることは聞いておりましたが、これまでのやり方からして、ゆるやかに攻めかかるものと思い、いささか気を抜いておりました。それが治部様の手勢を打ち破るばかりか、砦を取り囲むとは。驚きです」

「まだ後詰めは来ておらぬのだな」

「はい。南条勢も城に留まったままです」

「明智勢だけで、落とすつもりなのか」

「今の勢いだと、そのように思われますが」

夕陽が広頼の顔を照らす。骨張った顔には緊張感が漂う。

二人が話をしているのは、馬野山砦から西に三里ほど離れた茶臼山に築かれた陣地だった。

かつては、南条家が城を構えていたが、毛利勢が奪取し、その後、打ち壊した。京の騒乱にあわせて再び茶臼山に進出した時には、あえて城は作らず、陣小屋のみで羽衣石城攻略の足がかりにしていた。

元春は本陣に近い広場で、甲冑《かっちゅう》を身につけたま、広頼と話をしていた。

彼の前には、元春を支える将が左右に並んでいる。いずれも具足を身につけており、元春の下知が出れば、すぐに出陣できた。

「治部も無理して出なければ、ここまで追いつめられることはなかったであろうに」

元長は、明智勢が進出してくると、その鼻面を叩くため、三〇〇〇を率いて攻勢に出た。

最初は優勢であったが、光秀が出てくると、あっさりと打ち破られて後退を余儀なくされた。

今日は、光秀が砦に迫ったところで、あえて兵を出し、その動きを牽制するつもりだったが、報告を聞くかぎり手玉に取られたようである。

「いえ、治部様の考えは間違っておらぬかと。明智左馬助の先鋒だけなら、十分に押さえることができたはず。まさか、日向がここまで速いとは」

「さよう。じっくり物事を進める日向にしては、珍しい動きかと」

応じたのは、顔に深い皺《しわ》が刻み込まれた老将だった。髭もまっ白で、それが黒の具足と好対照を成している。

山田《やまだ》平三左衛門《へいさんざえもん》重直《しげなお》は、伯耆西部に拠点を持つ国衆だったが、尼子経久《つねひさ》に敗れて、その後は但馬山内家《やまうちけ》に仕えていた。

毛利と関係を持つようになったのは永禄《えいろく》年間に入ってからのことで、その後は、毛利に味方した南条家の家臣として行動していた。

様相が変わるのは、南条元続が織田と通じるようになってからで、重直は毛利に仕えることを主張して仲違いし、その後、南条家から飛び出して息子の信直《のぶなお》と共に、元春を頼った。

それからは元長の配下となり、伯耆の戦闘に従事しており、九月に羽衣石城攻略に進出してからは、南条勢の切り崩しに当たっていた。

老将であるが、いまだ衰えは感じない。

「織田勢が動くのであれば、羽衣石の兵と足並みをそろえると思っていました。それが、日向だけで攻めたてるとは」

「意外ではあったが、考えはめぐらせるべきだったな。こちらの油断に、気づいていたのかもしれぬ」

　元春は顔をしかめた。

　頭上を鳶が回って、鳴き声をあげる。

　日が傾いてきて、海からの風はひどく冷たくなっていた。

「早々に合力しませぬと、砦が危ういかと」

　広頼が元春を見やった。

「明智勢の勢いを考えると、今日明日にも砦を攻めたてると考えられます。手をこまねいて、治部様を見殺しにするわけにはいきませぬ」

「されど、うかつに兵を出すのも危うい。南条勢が頃合いをあわせて動くやもしれぬ。川を渡ったところをねらわれたら厳しい」

　馬野山砦は、北に広がる海と南の東郷池《とうごういけ》に挟まれた高台にある。西側をかすめるようにして天神川が流れており、守りは堅い。回り道はなく、突破するのであれば、力攻めにするしかない。

　元春としては、元長が明智勢を食い止めている間に、羽衣石城と岩倉城を攻めたてて、これを落とし、因伯の国境から後ろに回り込んで、明智勢の退路を断つことを考えていた。

　情勢だけを見るならば、明智勢は押し寄せてきたばかりで、うまく元長が攻めてくれれば、南条勢を叩くことができる。

　たとえ羽衣石城を落とすことができなくとも、南条勢を封じることができれば、東郷池の南を回って、明智勢の側面をねらうことも可能だ。

　ただ地形が峻険《しゅんけん》で、大軍を動かすのに手間がかかる。南条勢との戦いに時間を要すれば、織田勢に押し切られ、砦が陥落することも考えられた。

「きわどいな」

「助けを出しましょう。砦を失ったら、どうにもなりませぬ」

「南条勢の動きがわからぬ今、無理はできぬ」

重直は元春の前に出た。

「ここは、馬野山砦から下がることを考えてはいかがでしょうか。踏みとどまってもよいことはございませぬ」

ざわめきが起きる。弱気に過ぎるという声をあげたのは、広頼だった。

重直は居並ぶ将を見回した。

「言いたいことはわかる。されど、治部様を受けいれれば、兵は一万五〇〇〇。この手勢で砦を固めれば、たやすく抜かれることはない。天神川を使って明智勢の勢いを食い止めつつ、南条勢を切り崩し、動きが乱れたところで、一気に攻めたてる。それしかあるまい」

重直の策は筋道が通っていて、追い込まれている現状を考えれば、最善の策と言える。

しかし、砦を失えば、羽衣石城攻略の足がかりを失うだけでなく、毛利が押し込まれているという印象を与え、伯耆の国衆に悪い影響を与えることも考えられる。

何より、元春の気性に合わない。

むしろ、彼が元長と合流して、織田勢と雌雄を決するべきではないのか。後退しての調略はあまりにも遠回りだ。

「いかがなさいますか」

元春は間を置いてから、重直を見た。

「そちの言やよし。下がろう」

「元長は茶臼山に入れる。それにあわせて、我らは出陣、羽衣石、岩倉の南条勢を押す。明智と頃合いをあわせて攻めてこられたら面倒だ。岩倉城を落とすか、無理でも南条勢の動きは封じる」

「織田との戦いに集中すると」

「そうだ。挟み撃ちは何としても避ける」

組みやすい南条勢から叩き、少しでも戦局を有利にする。それが元春の考え方だった。

「夜討ちをかける。三〇〇〇でいい。すぐに出るぞ」

「申しあげます」

突然、声があがって、若い侍が元春の前に飛び込んできた。走ってきたのか、顔は真っ赤で、具足も乱れていた。

「何事か。軍議の場であるぞ」

「敵が姿を見せました。砦の南方です」

若い武将の言葉に、元春は息を呑んだ。

「まさか、南条勢が動いたのか」

「いえ、明智勢です。五〇〇〇の兵が岩倉城方面から進撃中」

「明智だと」

そんな馬鹿な。明智勢は伯耆に到着したばかりで、元長との戦いに集中しているはずだ。いったい、どこから……。

「織田に先手を取られたかもしれません。駿河様」

重直の顔は青くなっていた。

「治部様を攻めたて、我らの気を引いているうちに、手勢を迂回させたのでしょう。ねらいは、端から、ここだったのかもしれませぬ」

「だとすれば、かなり前から日向は手勢を動かしていたことになる。前のめりにも程がある」

峻険な山道で大軍を動かすには、準備がいる。付近の国衆を味方につけて、動きが察知されないように気を配る必要がある。

半月やそこらでできる話ではなく、事実だとすれば、光秀は何ヶ月も前からこの時のために、手筈《てはず》を整えていたと言える。

「いったい、何があったのか」

慎重な光秀がここまで積極的になるとは。信じられない。

「駿河様」

「わかっている」

元春は立ちあがった。

「織田勢を迎え撃つ。出陣じゃ」

六

一〇月六日　茶臼山砦南方一里

わずかに残る夕陽を浴びながら、吉見広頼が馬を走らせていると、前方の景色がわずかに揺らいだ。ゆるやかな斜面を下るようにして、騎馬武者の一団が姿を見せた。

数はおよそ一〇〇で、指物は水色桔梗。

明智勢だった。

「まさか、ここまで来ているとは」

敵の動きが速いことは知っていたが、砦《とりで》に迫る勢いであるとは。予想外もいいところだ。

広頼は元春の下知を受けて、誰よりも早く茶臼山砦を飛び出していただけに、日が暮れる前に、敵勢と接触するとは思いも寄らなかった。

南から茶臼山に近づくには、羽衣石城を迂回して、いくつかの谷と川を渡って、最後に峠を越えて急坂を下らねばならない。天神川を越えるのも難物であり、たやすくできることではない。

それを易々とやり遂げただけでなく、尖兵を城に近い平原まで繰りだしてくるとは。

「食い止めろ。いいようにやらせるな」

広頼が槍を振りあげると、背後で声があがった。

彼がまかされた騎馬武者で、こちらも数は一〇〇である。数が五分ならば、負けるはずがない。

広頼の手勢は一団となって、明智勢に打ちかかった。弓や鉄砲の戦いは飛ばして、いきなり槍の撃ち合いである。

馬の足音が轟《とどろ》き、大地が揺れる。

すぐに敵味方が入り乱れての戦いとなる。

広頼の旗印を見て、壮年の武家が仕掛けてきたが、軽くいなした。相手が下がるのを見て、こちらからつきかけていく。

袖を飛ばし、優位に立ったと思ったところで、今度は右前方から若武者が現れて、広頼に槍を振るった。

鋭い一撃で、穂が兜をかすめる。

思わず下がると、すぐに次の一撃が来る。

体勢を立て直すために、広頼が馬を下げると、若武者は面当てをつけた顔を彼に向けた。

「名のある侍とお見受けする。我こそは、明智十《じゅう》五《ご》郎《ろう》光慶」

「何と。あの日向の子か」

「さよう。父上に代わって、茶臼山の砦をいただきに参った。そこを退かれよ」

「生意気な。よくも、そんなことが」

光秀に息子がおり、戦場に姿を見せているという話は聞いていた。

ただ、その武勇が褒められたことはなく、たいしたことはなさそうというのがもっぱらの評判だった。

それが、まさか、こんな所に出てくるとは。

「若造が」

広頼は吠えた。

光慶はまだ一〇代で、一軍をまかされるような将ではない。青二才に、伯耆の地を踏み荒らされるのは屈辱だった。

「その首、置いていけ」

広頼は槍を振るうが、光慶はそれをしっかりと受け止めて、逆に突き返してきた。

鋭い突きで、広頼は払うだけで精一杯だった。

「殿、お下がりくだされ」

黒の具足を身につけた家臣が馬を寄せてきた。

「我は、大野主膳《しゆぜん》。殿はやらせぬ」

「ならば、防いでみよ」

光慶は主膳に馬を寄せて、左手に槍を持ちかえて攻めたてた。

驚くほどの速さで、右手で攻めている時と、さして変わらない。

主膳はたちまち追い込まれた。

槍を払われたところで、草摺《くさずり》をつらぬかれて、悲鳴をあげる。

「主膳」

広頼が助けに入ろうとしたが、それは明智勢によって食い止められてしまった。

光慶の強烈な一撃が、兜を叩く。

面当てが外れて、顔が剝《む》きだしになったところで、鋭い突きが顔面をつらぬいた。

骨まで砕かれて、主膳は馬から落ちた。

「我、毛利の大野主膳を討ち取ったり」

光慶が声をあげると、周囲の武将がそれに応じた。戦場に音の波が広がっていく。

若武者が戦果を挙げると、味方の志気が高まる。このままだと、押し切られてしまう。

「取り囲め！」

広頼が下知を出すと、周囲の騎馬武者が飛び出して、光慶に襲いかかった。

右手側の武者が攻めている間に、左手側の武者が退路を断つ戦法だ。

広頼も自ら前に出て、槍を繰りだす。

光慶は後退しつつ、半槍を振り回す。武者の肩をつらぬき、さらには喉元を差す手際は見事だ。

時をかけているうちに、明智勢が押し寄せてきて、広頼の家臣に槍を打ちかけた。

一〇騎がまとまって仕掛けており、打撃力は強い。たちまち広頼勢は打ち崩された。

「退くな。ここが攻め所ぞ」

光慶は声をあげる。若く張りのある声は、狭い戦場に響きわたる。

「ここで打ち破り、茶臼山の砦を取るぞ。我らならばできる」

「生意気な。させるものかよ」

たかが一〇〇の手勢で砦が落ちるものか。

しばらくすれば、元春が一〇〇〇の兵を率いて駆けつける。一蹴されるのは、明智勢だ。

広頼は口を引き締め、槍を突き出す。

合戦はなおも激しさを増し、彼の周囲で声が途切れることはなかった。

七

一〇月八日　馬野山砦東方

光秀が供回りを引き連れて姿を見せると、明智左馬助秀満は目を丸くして、しばし、その場から動かなかった。

冷たい風が海から吹きつけてきても、さながら石像と化したかのように立ち尽くしている。

「どうした、左馬助。何か怖い物でも見たか」

「いいえ、そうではなく」

ようやく秀満は歩み寄ってきた。

「まさか、殿がここまでいらっしゃるとは。砦《とりで》は目の前でございますぞ」

「だから、来た。直に敵の陣容を確かめたくてな」

光秀が訪れたのは、先鋒を務める秀満の陣地で、砦からは七町しか離れていない。

砦はその名のとおり馬の背を思わせる丘の頂上にあり、その周囲は空掘と柵で囲まれている。

天気が悪いこともあり、視界は悪く、大手門に近い櫓《やぐら》が確認できるだけだ。

「雨は降りそうか」

「土地の者に聞いたところ、この風ならば昼前に晴れると申していました。今日一日は保つとみています」

「そうか」

「そういえば、十五郎が手柄をあげたとのことで」

秀満が笑いながら声をかけてきた。

おとといの奇襲については、すでに知らせが届いているようだ。

「褒めてやらねばいけませんな」

「逆だ。無理して前へ出たところで、毛利の先鋒とぶつかった。味方から切り離されていて、もう少し相手の数が多ければやられていた」

「茶臼山を落とすのは無理だったと」

「そこまで考えておらぬ。敵の目を惹きつけてくれれば十分であった。無茶をしすぎだ」

光秀が迂回させた手勢は、溝尾茂朝の三〇〇〇だった。本来は後詰めで、毛利勢にもそのように思わせていたが、早くから南条元続と話をして、羽衣石城の南を回して、敵陣の奥深くに入れていた。

光秀が元長に仕掛けた時には、伯耆岩倉城の東に達していたのである。

頃合いを待って、光秀は攻勢を命じた。

元長の軍勢を釘付けにし、馬野山砦への援軍を断つ策だった。

「庄兵衛の兵は少ないが、南条勢も加われば、吉川駿河とて放ってはおけぬ。少しでも動きを抑えてくれれば、それでよかった」

「なのに、十五郎は無理して前に出たと」

「兵を減らしては、敵を引きつけることもできぬ。無理をしすぎた」

「そうですな」

秀満は横目で光秀を見た。その口元には笑みがある。

ひどく癇《かん》に障ったのは、内心を見透かされたような気がしたからだ。光慶が強引に攻めたてたのは確かだが、そのふるまいをよしとする思いも光秀の裡にはあった。それは、父親としての甘さなのかもしれない。

「馬野山に新たな兵が入ったという知らせはありませぬ。十五郎はよくやったのでは」

「迷いぐらいは与えたのであろう。駿河は、一日、まったく動いておらぬ」

明智勢の奇襲以来、元春は茶臼山にこもっていおり、その間、明智勢は元長の砦を攻めていた。

昨日は、秀満の先鋒が空掘を超えて、一部の柵を引き倒していた。

「よい頃合いだ。今日で勝負をつけよう」

「今日でございますか」

「そうだ。力押しにして、砦を落とす」

「南条勢が手を貸してくれるのですか」

「いや、我々だけでやる。儂《わし》も出るぞ」

「急ぎすぎではありませぬか」

秀満は光秀を見た。その瞳は、どこか醒めた輝きを放っている。

「総攻めとなれば、毛利勢も死に物狂いで立ち向かってきましょう。手間取って、兵を失えば、その先の戦いにも響いてきますぞ。駿河の手勢に攻め込まれることも考えられます。それでもやるのですか」

「やる。時をかけてはいられぬ」

秀満は表情を消して、敵方の砦に視線を移した。

素っ気ない態度を取っているのは、彼に思うところがあるからで、それは光秀もよくわかっている。

明智左馬助秀満は光秀の従兄弟で、かつては三《み》宅弥平次《やけやへいじ》と名乗っていた。その後、明智姓に戻り、光秀の腹心として、近江、摂津、丹波の各地で活躍した。

武勇に長《た》ける一方、民草との交わりも深く、よく領地を見て廻り、百姓にも気さくに声をかける。そのせいか、秀満の領地は土地が肥え、米の収穫量が多かった。

丹波をまとめる時には、光秀と国衆の間に入って、仲介役を務めてくれた。彼が説得してくれたおかげで、味方に加わった土豪はきわめて多い。

伯耆攻めで先鋒をまかせたのも、彼ならば問題なくこなしてくれるとみてのことで、実際、吉川元長の兵を打ち破って、砦に押し込んでいた。

斎藤利三や藤田行政と並び、光秀の信頼が厚い家臣だった。

「できるだけ早く伯耆をまとめる」

光秀は言い切った。

「二つの砦を落として、八橋城に毛利勢を追い込む。その上で、美作の手勢と合流して、総掛かりで攻めたてる。先が見えたところで、儂は京に戻り、上様を助ける」

「上様とは、あの上様でございますね。本当によろしいのですか」

秀満の声には、批難《ひなん》の音色《こわいろ》がこもっていた。

最初に取り押さえたのが彼だったこともあり、秀満は早くから信長の異変について気がついていた。光秀が話をする前に注意するように教えてくれたり、わざと奥まった座敷に隠して、余人と接触することがないように工夫したりした。

実際に会って話もしている。

秀満は、光秀と同じく、信長は別人であるという考えの持ち主だった。狐憑きではなく、まったく違う人間と入れ替わっているという考えだ。

それを踏まえた上で、危ういので処分するべきと意見を述べていた。


「あの信長が、正体を隠し通せるとは思いませぬ。ふるまいがあまりにも違うので。気づかれれば、大変なことになりますぞ」

「あの者の首が飛ぶか」

「我らの首も、それに並ぶでしょう。知っていて、何も言わなかったのですから」

「それは、困るな」

「殿」

「かまわぬ。儂はもう決めたのであるからな」

秀満の懸念はよくわかるが、もう決断は下した。

あえて正体を隠して、あの信長と天下を取ることが彼の目標である。今さら変えるつもりはなかったし、変えることもできないであろう。

光秀が本能寺に向かった時点で、賽《さい》は投げられていた。

「もし上様が変わっておられなかったら、今頃は織田家から追い出されているか、上様が放った手勢に焼かれて、地獄に落ちていたかのどちらかであった」

「丹波を森乱丸にたまわるという話もございましたな」

「近江坂本は、堀秀政だ。間違いなく、我らは寄って立つ地を奪われて、行き場を失っていた」

「殿がそのようにおっしゃるのであれば、手前としては申すことございませぬ」

秀満は視線を砦に向けた。海からの風が勢いを増して、二人の間を吹きぬける。

「されど、無理をすれば、どこかで歪みが出るもの。痛手を負うだけでなく、せっかくの隠し事が表沙汰になり、取り返しのつかぬ所まで追い込まれるでしょう。焦るのは禁物です」

「心しよう」

光秀はあの信長に入れ込みすぎている。そう思って、苦言を呈したのであろう。

確かに、踏みこみすぎはうまくない。冷静さを欠けば、闇夜を駆ける馬の如く、必ずどこかで道を外す。いや、もしやすると、すでに外しているのかもしれない。

だが、それはやむを得ないことだ。

あの信長とともに生きると決めた時点で、無茶をしているのである。最後までやり遂げるのであれば、これまでの道は思いきり踏み外して、突っ走るしかなかった。

「今日中に砦を落とす。その上で、例の策を動かして、毛利勢を追い込んでいく。よいな」

「御意《ぎょい》」

秀満は頭を下げた。

声に棘《とげ》が残っていることを感じつつ、光秀は正面の砦を見つめた。

風が吹き、靄《もや》が晴れる。

どうやら天候は回復しそうだった。

八

一〇月八日　馬野山砦

吉川元長が馬で陣屋の脇を抜けて、ゆるやかな坂を下ったところで、声があがった。

「門が破られたぞ。織田勢が来る」

「何と。持ちこたえられなかったか」

元長は顔をゆがめる。最悪の事態だ。

朝から明智勢は、一方的に馬野山砦を攻めたて、大手門のみならず、東郷池に近い南の搦手《とりで》にも兵を出し、浅瀬を抜けて、横合いから砦に迫ってきた。

鉄砲と弓矢で応戦したが、明智勢の勢いは激しく、襲いかかる足軽を抑えることはできなかった。柵に兵が取りついたところで、毛利勢が不利な立場に立たされたことは明らかだった。

銃声が轟《とどろ》き、声があがる。

元長が視線を転じると、搦手から敵勢が乱入してくるのが見えた。

旗印には、見おぼえがある。

「堀久太郎か」

元長は、先日、堀秀政の手勢と戦って、苦杯をなめさせられている。強烈に攻めたててきたところを弟の経信と共に迎え撃ったのであるが、さんざんに打ちのめされてしまった。

経信は秀政と打ち合って、肩に怪我をした。思いのほか深傷《ふかで》で、今日も合戦に出ることはできずにいる。

砦に押し込められてしまったのも、堀秀政らに陣形を崩され、そこに明智秀満の手勢が襲いかかってきて、騎馬武者をまとめて討ち取られてしまったからだった。

「これ以上はやらせぬ」

元長は、わずかな供回りと共に搦手に向かう。

彼がたどり着いた時には、柵は押し倒されて、足軽のみならず、騎馬武者も乗り込んできていた。

味方は大きく崩れて、足軽が次々と踏みつぶされていく。

「立て直せ、まだ負けてはおらぬ」

元長は織田の騎馬武者に馬を寄せると、激しく槍を振るう。

肩をつらぬいたところで、馬をぶつけて、騎馬武者を叩き落とす。

とどめは刺さず、すぐに元長は次の相手に馬を向ける。

とにかく敵を追い出す。それが大事だった。

「おう。そこにいるは、吉川治部ではないか」

壮年の武者が元長をにらみつけている。

黒の具足に、大きな前立をつけた兜《かぶと》。右手に握るのは、朱塗りの槍。

見おぼえがある。堀秀政だ。

「ありがたや。ここで会えるとは。弟と同じく、我の槍で屠《ほふ》ってやろう」

「又次郎は死んでおらぬ。勝手なことを抜かすな」

元長は馬を秀政に向けた。

「おぬしこそ、我が槍につらぬかれて死ね」

「ほざけ」

秀政も馬を走らせ、間合いを詰める。

殺気に満ちた敵の姿が視界いっぱいに広がったところで、元長は槍でその喉元をねらう。

秀政は横にかわすと、上から槍を振りおろす。馬を止めて、元長はかわすと、今度は横から攻めたてる。

秀政も同じように馬を止めて、かわす。相手の息づかいが感じられる距離で、二人は激しく槍を突き出していく。

穂が秀政の兜や袖をかすめていく。同様に、秀政の槍も元長の具足を削る。

馬がいななき、蹄が泥を跳ねあげる。

「治部様、お下がりください」

兼重弥三郎の声が響くが、かまってはいられない。元長は馬を下げると、槍を構え直して再び秀政に迫る。

自然と雄叫びが洩れる。

同じく秀政も声を張りあげ、槍を振りあげる。

穂が激しくからみあい、鈍い音をあげる。


馬がぶつかり、元長は鐙を踏む足に力を入れたが、耐えられず、落馬した。

背中が激しく痛む。

それでもすぐに立ちあがったのは、秀政が気になったからだ。

横を見ると、面当てが落ちた武者が立ちあがったところだった。手には槍がある。

「ここで終わりだ。堀久太郎」

「なんの。死ぬのは貴様だ、吉川治部」

手にした槍を二人は壮絶に振り回し、間合いを詰めたところで激しく突いた。

穂は互いの右肩をつらぬき、その肉体をえぐった。

「まだまだ」

元長は横薙《よこな》ぎに槍を払うと、秀政の頬から血が飛び散った。頬の肉をえぐっている。

笑みを浮かべて、元長が迫ったところで、秀政の槍が太股をえぐった。

落馬で草摺《くさずり》がずれていたところをねらわれてしまい、穂は深く突き刺さった。

耐えられず、元長は膝をついた。

「治部様、お引きを」

弥三郎が間に割って入り、槍で秀政の突きを払いのける。

その間に、元長の家来が彼の身体を引きずって、戦いの場から引き離す。

「逃げるか、治部。戦え」

秀政の絶叫が響く。

逃げるつもりはない。最後まで戦う。

元長は口を開いたが、言葉は出ず、家来に担ぎあげられて、後方に下がった。

彼が最後に見た情景。

それは、血まみれの顔で、元長をにらみつける鬼武者の姿だった。

九

一〇月八日　茶臼山砦南方半里

「申しあげます。馬野山砦《とりで》、織田勢の攻めに屈して落とされた模様」

使番の言葉に、元春は言葉を失った。

「味方は天神川を渡って、茶臼山砦に向かっております。差配は又次郎様が取っている様子」

「治部はどうした。まだ戦っているのか」

「足に深傷《ふかで》を負っているとの知らせが入ってきております。砦から下がったと聞いておりますが、どこにいるのかはわかりませぬ」

「壊乱《かいらん》ではないか。どうなっているのか」

元長は優秀な武将だ。

勇に勝ちすぎるところはあるが、大局を見る目はあり、押し引きの駆け引きも達者だ。五〇〇〇の兵を預ければ、小さな城は落とすだけの力量がある。

敵は精兵であろうが、それでも元長ならば支え切れると見ていた。

それが二刻《ふたとき》も保たずに砦を失い、しかも、守将の行方がわからないとは。完敗もいいところだ。

できることなら、すぐにでも駆けつけて、元長と味方の後退を支援したい。

だが、それを許さぬ状況が、元春の前に差し迫っていた。

「敵は、小鴨左衛門督。数はおよそ五〇〇〇」

右前方からの声に顔をあげると、黒い軍勢が騎馬武者を先頭にして迫っていた。

旗印は、小鴨家の家紋。

元清が自ら兵を率いて出てきたということだ。

「こんな時に、南条勢が動くのか」

いや、端《はな》からこの時を待っていたのかもしれない。

元春は、明智勢が馬野山砦に仕掛けるのにあわせて、茶臼山から出陣した。率いる手勢は五〇〇〇。天神川を渡って、東郷池の南を回って、明智勢の側面を突き崩すつもりだった。

軍勢は元春が差配し、それを弟の末次元康《すえつぐもとやす》、安芸の天野元祐《あまのもとすけ》、同じく安芸の熊谷元直《くまがいもとなお》、さらには先だって織田勢と渡りあった山田重直、山田信直親子が支える。

山陰毛利勢の中核を担う兵であり、元春も自信を持っていた。

しかし、五〇〇〇の兵は、天神川を渡るはるか前、茶臼山砦を出た直後から、織田勢の絶え間ない攻撃を受けていた。

　まずは、先だって毛利勢と戦った溝尾茂朝の一軍だった。

　数は一五〇〇あまりで、少なかったが、うまく側面から攻めたてて、味方を削り取った。追いかけると、南に下がって距離を取った。

　元春が焦って、さらなる追撃を命じたところで、今度は別の手勢が伸びきった側面を突いた。

　急所を巧みに突かれたため、毛利勢は混乱して、しばし、その動きが止まった。

　そこに、明智光慶の二〇〇が飛び込んできて、熊谷元直の陣地をかき回した。

　将兵は一気に動揺し、元春は後退を余儀なくされた。混乱したまま合戦の現場に留まれば、かえって被害を広げるだけで、支援が遅れることは承知の上で体勢を立て直したのである。

　ようやく陣容が揃い、再び馬野山砦への進路を向けたその時、南条勢が押し寄せてきたのである。

　小鴨元清は先鋒で、その後ろには南条元続の率いる主力が控えている。

　数はおよそ三〇〇〇で、羽衣石と岩倉の兵を、わずかな守りをのぞいて、すべて投入してきたと言える。

　最悪であった。

　味方は、馬野山砦の失陥を聞いて、士気が落ちている。ここで地の利に長《た》けた南条勢に攻めたてられれば、大きく崩れることも考えられる。

　それがわかっている以上、手をこまねいてはいられない。

　元春は使番を走らせ、元清を迎え撃つ体勢を整えた。さらに、自らも前に出て、いつでも戦場に飛び込むことができるように準備を整えた。

「駿河様」

馬で駆けよってきたのは、吉見広頼だった。その表情はひどく硬い。

「来ましたな。南条勢。この間合いとは」

「勝負を賭けてきたということだ。ここは退いてはならぬぞ」

「わかっております。手前も最後まで戦い抜く所存。山陰道の命運がかかっております故《ゆえ》」

「馬野山砦の将兵は、又次郎にまかせよう。あやつならばやってくれるはずだ」

又次郎経信は肩を負傷していたが、回復はめざましく、差配を執るのであれば問題はない。元長が負傷している以上、彼の器量に賭けるよりない。

「小鴨勢、来ます」

軍勢が迫るのにあわせて、銃声が空気を揺らす。

熊谷元直の鉄砲隊だ。

二〇〇丁で、数では織田には及ばないが、厚い弾幕は何度も敵を叩きのめしてきた。

立てつづけに、轟音《ごうおん》が響き、小鴨勢の先鋒が打ち倒されていく。

「いいぞ、これなら……」

味方を讃える元春の言葉は、中途で切れた。

水色桔梗の一団が姿を見せて、熊谷の側面に迫ったからである。

明智光慶だ。

一〇〇の兵は距離を詰めると、馬上で鉄砲を放った。

硝煙が広がり、鉄砲足軽が倒されていく。

「騎馬鉄砲か。忌《い》ま忌ましい」

明智勢は、少数の騎馬鉄砲をここぞというところで投入して、戦場をかき回している。

今回のように側面からの攻撃で味方を支援する

こともあれば、正面から仕掛けて騎馬武者の動揺を誘うこともある。

機動力を存分に生かした戦法で、毛利勢は対応しきれない。

「これが日向の戦い方か」

鉄砲、弓矢、騎馬、長柄を巧みに組み合わせ、すばやく戦場に手勢を投入し、敵を叩く。少しでも隙《すき》を見せたら、騎馬鉄砲に突き崩されて、つづく長柄足軽の攻勢で決定的な被害を受ける。

鉄砲に長けた光秀であるから、このような戦いぶりができるのだろうが、驚くほど優美な差配であり、元春は翻弄《ほんろう》されつづけていた。

熊谷勢は、騎馬鉄砲に押されながらも、小鴨勢を懸命に食い止めた。

天野元祐の兵が弓矢を放ち、光慶を牽制する。下がりながらも、光慶勢は鉄砲を放つ。


「儂《わし》らも出るぞ」

元春は馬を動かしつつ、下知を出す。

「弥三郎、おぬしも行け」

「御意《ぎょい》」

「左の明智勢、逃すなよ」

「おまかせを」

広頼が家臣を引き連れて、前線に向かう。

ようやく毛利勢は体勢を立て直し、仁保元棟《にほもとむね》の一軍が南条勢を迎え撃つべく、長柄をそろえた。

異様な声が響いたのは、その直後だ。

「山田重直、返り忠。我らを攻めたてております」

「山田勢、裏切り。横からやられる」

「何だと」

左翼には山田重直の軍勢が展開している。

溝尾茂朝の兵に押されて下がっていたが、矛先を変えているようには見えない。

だが、動揺はたちまち広がり、味方は山田重直の軍勢から距離を取りはじめた。

それが陣形の乱れにつながる。

「いかん。だまされるな。陣形を保て」

元春は叱咤《しった》するも、味方の不安を押さえることはできなかった。

「八橋城の杉田が裏切り。城が燃えている」

「美作の草刈が織田に通じた模様。逃げ道が断たれている」

流言はさらに広がり、味方は浮き足だった。

一部には、後退する手勢も見受けられる。

このままでは、全軍が崩れる。

「ここは、我らが支える。行くぞ！」

元春は決断を下すと、一〇〇〇の兵を率いて、最前線に向かった。

まずは、明智光慶。これを叩く。


元春は、混乱する戦場を突き抜けていった。

一〇

一〇月八日　馬野山砦

光秀は、馬に乗ったまま、焼け落ちた陣屋から離れて斜面を下る。

馬野山砦《とりで》は崩壊していた。

櫓《やぐら》は引き倒されて無惨な姿をさらし、柵も踏みにじられて、粉々になるまで打ち砕かれている。

陣幕は引き裂かれ、その上に破れた旗印が積みあげられていた。

傍らを見れば、足軽の死体が転がっており、その身体には虫がわいていた。

風は強さを増しているのに、血と死の匂いが消えることはない。いつものことではあるが、気持ちのよいものではない。

「殿、ここでしたか」

秀満が光秀を見つけて、馬を寄せてきた。

「まだ兵が隠れているやもしれませぬ。うかつに動くのは危ういかと」

「そうだな」

応じながらも、光秀は心配はないと見ていた。

馬野山砦はすでに陥落しており、うかつに留まっていれば、落ち武者狩りにあう。動ける者だったら、早々に逃げているだろう。

動けない者に関しては、どうにもならない。ただ首を取られるだけだ。

光秀は、細い道を抜けて、曲輪《くるわ》の突端に出る。そこからは、天神川とその先に広がる丘陵が一望できた。

丘陵からは、煙があがっていた。

朱色の輝きは炎であろうか。

先刻まで響いていた声は、もはやない。軍勢は動いているが、それも先刻よりは鈍い。

「向こうの戦いも終わったようですな」

秀満は光秀と馬を並べた。

「吉川駿河は下がりましたか」

「こちらで負けたところで、南条勢が攻め込んだからな。踏みとどまることはできないでしょう」

「十五郎様もがんばったのでは」

「あれは、まだ幼い。足を引っぱらなければよい」

馬野山と、その西の茶臼山をめぐる攻防は決着が見えていた。

光秀は馬野山砦を強引に力攻めにする一方で、迂回させた溝尾勢に、南条勢を合流させて、吉川元春の手勢を横合いから叩いたのである。

　吉川勢はおよそ一万、一方の南条、明智勢は合計しても六〇〇〇と、数の上では劣っていたが、馬野山砦の情勢が悪く、毛利勢は焦っていること から、十分に突き入る隙《すき》はあると光秀は見ていた。一〇月六日の戦いで、吉川勢は一方的に叩かれており、明智勢に対して苦手意識を持っているという読みもあった。

「山田勢、裏切りの知らせも聞いたでしょうな。押し込まれているところだったら、特に」

「ああ」

「事実ではなくとも、気にしていたはずですから」

　光秀は、七月の半ばから山田重直が織田と接触しているという噂を流していた。いずれ伯耆での戦いがはじまると見て、事前に準備していたのである。

　実際には接触していなかったが、重直は南条家とのつながりが深く、京の騒乱以後、毛利との関係を見直していると噂もあったので、十分に効果があると見ていた。

　山田との噂を流して煙幕を張ったところで、光秀は本命の武将と接触していた。

「八橋城はどうか」

「まだわかりませぬ。動くとの知らせがあっただけですから」

　手筈《てはず》どおりならば、八橋城の杉原元盛《すぎはらもともり》が寝返っているはずだった。

　元盛は、備後杉原家の一族で、吉川元春にその能力を評価された父、杉原盛重《もりしげ》の死を受けて、昨年、家督を嗣《つ》いだ武将だ。八橋城城主として、毛利勢の一翼を成し、南条勢との戦いでも、たびたび軍勢を率いて羽衣石城を攻めたてている。

　毛利家への忠義は厚かったが、弟の景盛《かげもり》と対立して、元春が景盛を支持するようになると、織田との接触を求めて、南条家と連絡を取り合うようになった。

光秀は元盛と書状で連絡を取って、寝返りの算段を整えた。今朝になって元盛から動くと知らせが入っており、うまくいっていれば、今頃は景盛を追い出して、八橋城の守りを固めているはずだ。

実のところ、この策を言い出したのは、あの一久だった。彼は杉原家に内紛があることを知っており、それを生かして長兄の元盛を助けるように告げたのである。

光秀は半信半疑で書状を書いたが、すぐに元盛から織田に味方するとの連絡が来て驚いた。

やはり、あの男には何かある。

七月に今後の織田家について語りあった時、一久は検地を押しすすめると強く主張した。

光秀は兵の数を増やすためかと思っていたが、そうではなく、検地によって生産高を正しく把握した上で、その後、同程度の知行地を他所に与えて、農民と武士を切り離すことを考えていた。最終的には国を治める大名ですら、同じやり方で遠くに移すこともあると語った。

話を聞いて、光秀は興奮で震えた。

国衆はその土地の農民や商人と深く結びついているから強い。地の利を最大限に生かし、文字どおり領地をあげて抵抗されれば、平定もひどく手間取る。一揆が強いのは、その地に住む者たちが強く結びついているからだ。

だから、武家と農民を切り離すことができれば、大きい。まったくつながりのない領主であれば、たやすく農民はなびかぬし、領主も農民を懐柔するのに手間取る。それだけ上に立つ者としてはやりやすい。

光秀も検地の効用は考えていたが、そこまで踏みこんだ思考はなかった。

一気に日の本を平定した後の情景が浮かび、それは光秀の魂を激しく揺さぶった。天下を武で取るというのは、そういうことなのかもしれない。

光秀は、秀満と分かれて、曲輪から離れた。

足軽の死体は片づけられていたが、細い道には血の跡が幾つも残っている。完全に消えるまでには、時が必要だろう。

風が吹き、雲が陽光を隠す。海から吹きつける風は、冬の到来を感じさせる。

首筋に冷気を覚えながら、光秀は、己《おのれ》の主君について思いをはせる。

信長は、長きにわたって、多くの敵と戦い、そのほとんどで勝ってきたが、未来について思いをはせるということはほとんどしなかった。

天下を制した後のことは、考えたことはなかったのではないかと思えるところがある。

光秀の目から見ても、信長は古い武人だった。

目新しい物が好きだったが、それもかぶき者と同じで、ただ目立つから興味を持っただけで、その裏にある何かについては思いをはせようとはしなかった。楽市に関する考え方が、それをよく表している。

領内の関所を次々と撤廃したり、鉄砲を巧みに使って武田の騎馬隊を撃退したり、新規な安土城を作りあげて天下の耳目を驚かせたりしたが、本当に信長が斬新な考えの持ち主であったかと問われれば、疑問は残る。

織田信長とは何だったのか。

本当に日の本を治めるべき人物だったのか。

さらに言うなら、本当に天下をまとめることを目指していたのか。

正直なところ、わからなくなっている。

一久と会って、改めて光秀は信長の本質に思いをはせている。

もしやすると、自分は、信長という人物を大きく見過ぎていたのかもしれない。

「弟を追い出していなければ、元盛殿は殺されていたはずだ」

光秀は思考を切って、秀満に語りかけた。

「早ければ合戦の最中に、適当に理由をつけて取り押さえられていた。それを防ぐことができたのはよかった」

「当主が寝返りを望んでいたのは、幸いでした」

「あとは、吉川勢の攻勢に耐えられるか」

「何とかなるかと。今の毛利勢で八橋城を攻め落とすのは無理でしょう」

山田重直に次いで、杉原元盛が裏切ったと聞かされて、毛利勢は大混乱に陥《おちい》った。同士討ちもあったようで、元春の手腕でも将兵を鎮めることはできなかった。

四半刻《しはんとき》前に届いた知らせで、光秀は毛利勢が後退に入っていることを知った。

茶臼山からあがる煙が、味方の勝利を明快に表している。

「治部の兵もいるが」

「砦から下がった時に、ひどくやられておりますから、駿河と合流しても何もできますまい」

「そうだな」

「駿河は挟み撃ちを怖れて、早々に尾高城《おだかじょう》に入るでしょう。そこで、元盛殿が打って出れば、大きな戦功をあげることはできますが」

「無理であろう。元盛殿にも家臣にもためらいがあろう」

杉原家と毛利家の付き合いは長い。いきなり矛《ほこ》を逆《さか》しまにせよと言われて、受けいれるのはむずかしいと見ていた。

「今日のところはこれでよい。うまくいった」

馬野山砦を力攻めで落とし、茶臼山砦も南条勢の協力を得て、支配下に収めた。これに、八橋城調略の策が加わって、伯耆の中部まで、織田の支配下に入ったことになる。十分な戦果だ。

「かつての上様だったら、もっと攻めろというところでしょうな」

微妙な秀満の言い回しに、光秀はあえて応じなかった。馬首を返して、道を戻る。

口を開いたのは、崩れた大手門を抜けた後だ。

「近いうちに八橋城に行って、杉原殿に礼を言い、この先のことを話しておく。それが終わったら、儂は一端、畿内に戻る」

「尾高城まで行かないので」

「しばらく毛利勢は動くまい。攻めてきてもたいしたことはないと思われるので、おぬしと庄兵衛でまとめてくれ」

「あの信長が気になりますか」

光秀は応じずにいると、かまわず秀満は先をつづける。

「ここで殿が下がりますと、何事があったかと味方が動揺しますぞ。杉原の一族も不安になりましょう。せめて尾高城を落とすまで待っては」

「できぬ。四国はむずかしいことになっていて、下手を打てば、たちどころに味方は押し込まれる。早めに策を講じることが必要だ」

「かえって、それで疑われることになってもですか。ここのところ、殿と上様が親しすぎるという噂も出ておりますぞ」

「言わせておけ。今は天下静謐《せいひつ》こそ第一。下賤《げせん》の輩《やから》にはかまっておれぬ」

秀満は視線を送ってくる。

その瞳の輝きはひどく醒めていた。

危ういことは十分承知した上で、あえて光秀はあの信長との関係を深めている。

新しい天下を手にするためにも、ここは無理のしどころである。それは間違っていないと光秀は自分に言い聞かせたが、心の底に微妙な違和感が残るのも確かだった。

「羽柴筑前はどうか。動いているか」

不安を隠すかのように、光秀は声を大きくして訊ねた。

「いいえ、岡山城を取り囲んだまま動かぬようです。美作の手勢もそのままで」

「手筈とは違うか」

光秀の伯耆攻めにあわせて、秀吉は岡山城を攻める計画だった。山陽道と山陰道から同時に押して、毛利を追い込む策である。

秀吉は備前と播磨の国境に三万の兵を展開していたし、美作の国衆も味方につけていて、いつでも攻勢に転じることができた。

早くに動いてくれれば、光秀の戦いも楽になったであろうに、沈黙がつづいている。

いったい、何があったのか。

事が露見したとは、さすがに考えにくいが、秀吉は勘のよい男だから、何かに気づいていることはありうる。

「あとはまかせる。儂は茶臼山へ行く」

光秀は、秀満から離れて細い山道を下る。

頭では、一久をどのように助けていくかの算段を懸命に考えていた。

第三章　信長、出陣！

一

一〇月一〇日　淡路岩屋城《いわやじょう》

大きく船が揺れて、一久がよろめいたところで、ようやく船首が砂浜に乗りあげた。

しばらくは波に押されて落ちつかなかったが、彼方から響いていた鉄砲の音色《ねいろ》が消えたところで、ようやく船上で立って歩けるようになった。

一久は、家臣が手を差し伸べるよりも早く、船から降りた。マントが海に濡れぬように気を配りながら、喊声《かんせい》があがる場所に向かう。

「お待ちくだされ。上様。そちらは危のうございます」

具足を身につけた若武者が声をかけてきた。

前髪こそ落としているが、顔は幼く、身体付きも華奢《きゃしゃ》である。赤の胴丸に同じ色の草摺《くさずり》で、兜《かぶと》は前立のない筋兜だ。

明智十次郎光泰《じゅじろうみつやす》である。光秀の次男で、今年で一五歳になる。

一久が信長になるにあたって、小姓を改めることになったが、その時に光秀から推挙されたのが光泰だった。以前の信長とほとんど会ったことがなく、その人となりを知らぬのがかえってよいとの判断からだ。

「何の。まだ岩屋城までは半里は離れている。ここまで三好勢が出てくることはない」

「ですが……」

光泰は周囲が気になるようで、同僚に声をかけつつ、刀に手をかけて左右を見回していた。

一久は、砂浜に立って、右前方の城を見あげた。淡路の要衝、岩屋城である。

淡路島の北端に位置し、目の前には狭い明石《あかし》海峡が広がる。

大坂湾と瀬戸内海を結ぶ結節点にあるが、その役割が重視されるようになったのは、織田と毛利が本格的に敵対するようになってからである。

毛利家は本願寺を支援するため、水軍で物資搬入を目論んだのであるが、その時に通過するのが明石海峡であり、それを見おろす岩屋城はどうしても押さえねばならない拠点だった。

逆に、織田としては、毛利の侵入を防ぐためにも岩屋城を手にする必要があった。

淡路では、安宅《あたぎ》家が大きな勢力を保っていたが、三好家の内紛に巻きこまれる形で影響力が低下し、家中も混乱していた。

しばらくの間、岩屋城は、毛利や本願寺の勢力が入って織田と戦っていたが、天正九年、秀吉が淡路に侵攻した際、陥落し、以後は織田の四国討伐の前進基地として用いられるようになった。織田信孝の四国討ち入りにあたっては、軍勢はここに集結した後、阿波に入る予定になっていた。

それが、京の騒乱で大きく変わった……。

一久が砂浜を歩いていると、背後から声がした。

光泰が警戒する中、姿を見せたのは黒の甲冑《かっちゅう》を身につけた若い武将だった。砂浜の手前で馬から下りると、大股で歩み寄り、一久の前で頭を下げた。

「申しあげます。津田因幡守様の手勢、岩屋城の大手門を破り、城内に飛び込んだとのことでございます。あわせて、蜂屋出羽様の手勢が搦手《からめて》で、毛利の将を討ち取った模様。戦《いくさ》は味方が有利に進めております」

報告を聞きながら、一久は武将を見おろした。

「おぬしは、なぜ、ここにいる」

声を強めたのは、わざとだった。信長だったら、そのようにすると思ってのことだ。

「手柄が欲しければ、城攻めに加わるがよかろう」

「上様の船が見えましたので。万が一のことがあっては、蒲生家《がもうけ》の名誉に傷がつきます。一時の手柄になどこだわっておれませぬ」

「忠義の程、うれしく思うぞ」

一久が声をかけた武将こそ、後に会津九二万石を与えられる蒲生氏郷《うじさと》だった。今は蒲生忠三郎《ちゆうざぶろう》賦秀《やすひで》と名乗り、信長の側近として仕《つか》えている。

武勇に長《た》け、長篠の戦いや有岡城の城攻め、伊賀乱入で、大きな戦功を挙げている。

史実にあった本能寺の変では、信長の一族を守って父親の蒲生賢秀《かたひで》とともに、日野城にこもった。

戦国の世に名を残す武将であり、一久もその存在には注目していた。はじめて顔をあわせた時には、興奮で一久の話し方がおかしくなったほどだ。

光秀は、賦秀が信長に近かったという理由から、手元に置くのは危険と進言したが、一久はあえて逆らい、母衣衆《ほろしゆう》の一人に置いた。珍しく、自分の意をつらぬいたと言える。

それだけ興味のある逸材であり、是非とも手元に置いて、その活躍ぶりを見たかった。

一久は、全員が砂浜にそろったのを見て、岩屋城に近づいた。

鉄砲の音がなおも響く。

戦況は有利なようだが、たやすく城が落とせるとは思えない。毛利にとって、重要な拠点なのであるから、最後まで踏みとどまろうとするだろう。

京の騒乱で、淡路情勢は大きく混乱した。

信長が死んだという知らせが広まったこともあり、織田から離反する勢力が続出し、そこには、安宅一族の当主も含まれた。

小競《こぜ》り合いの結果、淡路は毛利勢が取り返し、手を組んだ三好勢が兵力を送り込んで、守りを固めた。

岩屋城も菅平右衛門達長《かんへいえもんみちなが》が入って、一〇〇〇の兵で固めていた。

織田の四国進出にあたって、淡路はどうしても落とさねばならぬ要害であり、織田勢は二万五〇〇〇をそろえて海を渡った。

先鋒は、津田因幡守信澄《のぶずみ》と蜂屋出羽守頼隆《よりたか》だった。どちらも、騒乱前の四国征伐にその名を連ねており、阿波、讃岐に進出する機会を心待ちにしていた。

淡路の戦いは前哨戦であり、二人は意気込んでいた。

岩屋城の攻略に向かっていた。

「毛利の水軍は動いているか」

「今のところは、何も」

「三好勢はどうか」

「そちらも海を渡る様子はありませぬ。様子を見ているのではないかと」

「我らが手間取ったら、その背中をねらうか。阿呆らしい。そんなゆとり、与えるものかよ」

一久は放言すると、賦秀も光泰も笑みを浮かべた。信長らしいと思ったのかもしれない。

淡路に二万五〇〇〇の兵を投入したのは、時をかけないためだ。一瞬で殲滅《せんめつ》して、すぐさまに四国討伐に入る。それが一久のねらいだった。

阿波、讃岐では、三好勢が織田と対抗する姿勢を取っている。

三好康長が裏切り、当主の三好阿波守義堅と組んで守りを固めているため、制圧には時がかかると目されている。毛利勢が協力していることもあって、海の戦いも厳しい情勢が予想されている。

時をかければ、織田が不利との知らせが広まり、各地の国衆が動揺することも考えられた。摂津、河内でも、騒乱以降の織田家を不安視する者も多く、情勢は緊迫していた。

それを打ち破るためには、短期での勝利が必要だった。

守りが堅い淡路を易々と落とせば、敵は動揺する。讃岐や阿波の国衆も、織田への接近を改めて考えるはずで、調略の機会は飛躍的に増える。

信長ならば、彼に逆らった勢力は許すはずがなく、少なくとも一久は、裏切った淡路勢は容赦なく叩きつぶすつもりだった。

一久は、なおも岩屋城に近づいた。できることなら、この目で戦いが見たい。

岩の塊が並ぶ海岸に足を踏み入れたところで、風が吹く。

途端に鼻をえぐり取るような、きつい匂いが漂う。死臭だ。いまだに慣れない。

一久が戦国の世に転生した時、最初に受けた洗礼。それは強く漂う異臭だった。

戦国の世に漂う臭気、それは二一世紀の日本とは、比べものにならないぐらい濃く、鮮烈だった。

屋敷にこもっていても、どこからともなく糞尿の匂いが漂う。便所にいけば、鼻が曲がりそうなぐらい強烈な臭いがあり、慣れるまでには驚くほどの時間を要した。

外を歩けば、濃い緑の香りに混じって、動物の体臭が当り前のように漂ってくる。

京は野犬が多いこともあって、小便の匂いにはつきまとわれた。馬や牛も、一久の時代より臭気はきつく、距離が離れていても存在を感じとることができた。

それでも、死臭に比べれば、ましだ。

犬や猫の死骸はあちこちに転がっており、それが夏の暑さにあぶられれば、とてつもない悪臭を放つ。最初は耐えられず、食べた朝食を戻してしまったほどだ。大雨が降ると、流された獣《けもの》が川岸に集まって、すさまじい臭いを放つこともあった。

人の死骸も、何度となく見た。老人が骨と皮だけになって倒れていたこともあったし、男が竹槍で串刺しにされていたこともあった。子どもを抱えた女が丸くなって草むらで死んでいたのも見た。

いずれも死んでから、たいして時は経っておらず、臭いは距離を置いても漂ってきた。胃の底を泥水で洗われるような感覚が、いつまで経っても消えなかったのをおぼえている。

何とか耐えることができたのは、自分が信長であるという思いからだった。

信長ならば、死臭に怯《ひる》むことはない。自ら人を切り裂き、血の臭いに身体を置いているのだから。

だから慣れねばならないと、一久は自分に言い聞かせて、光秀に頼んで、死体の山を積みあげてもらい、その前で半日、過ごしたりした。わざと首だけになった死体も持ってきてもらって、自分から怨みのこもった顔に近づいて、匂いを嗅いだこともあった。

一久が信長として現れるまでの三ヶ月は、激烈な環境の変化に自分を慣らす期間でもあったのだが、最も力を注いだのは、まさに匂いを克服することであった。

何があっても、平然と受けいれねばならぬ。

自分は信長であるのだから。

弱味を決して表に出すわけにはいかない。

一久が城に向かうと、賦秀が前に立って行く手を遮《さえぎ》った。

「危のうございます。まずは、ここで味方が来るのをお待ちください」

「つまらぬことを言うな。ここでやられてしまうのならば、それまでのこと。天運を試さずして、どうするか」

信長ならば、弾雨を怖れるようなことはない。

実際、鉄砲で撃たれたというエピソードもある。

一久が信長でありつづけるためには、決して怯んではならない。

賦秀を押しのけると、一久は足早に城に向かっていった。

二

一〇月一〇日　岩屋城

横から三好勢が姿を見せるのを見て、斎藤利三はいななく馬の手綱《たづな》を引っ張り、竿立《さおだ》ちになるのを防いだ。

まったくの奇襲であり、対応は遅れる。

「退《ひ》くな。うかつに下がると、やられるぞ」

利三は槍を握り直し、敵勢に挑む。

仕掛けてきたのは半槍を持った足軽で、数はおよそ三〇だった。大手門を入ってすぐの所で、身を隠して、織田勢が通りかかるのを待っていた。

利三が頭を叩くと、足軽は脳漿《のうしょう》をまき散らしながら、その場に倒れた。

次いで、左の足軽を容赦なく突き刺す。

顔面をつらぬかれて、声もあげることなく、足軽は倒れた。

織田勢は、一瞬だけ混乱したが、相手の数が少ないことを知ると、後退した後に襲に転じた。騎馬勢が馬上から槍を叩きつけ、足軽が半槍を振って、相手の身体を引き裂く。

血飛沫《ちしぶき》が舞い、骨の砕ける音が立てつづけに響いたところで、決着はついた。逃げ出したのは、ほんの数名で、ほとんどは血の海で動かなくなっていた。

「怪我をした者は、申し出よ。手当てさせる」

利三は馬から下りて、将兵に声をかけた。


幸い怪我人は少なく、しかも軽傷だった。

利三は無事な兵に、辺りを調べるように命じつつ、自らも周囲の情勢を確認した。

先刻より喊声《かんせい》は減り、銃声も聞こえなくなっていた。守れ、守れと叫びつづけていた武将の声もいつしか途絶えている。

利三の周囲は、合戦の場とは思えぬほどの静けさにつつまれている。

岩屋城の戦いは、終焉を迎えようとしている。

正面から仕掛けた津田信澄と、搦手《からめて》から攻め込んだ蜂屋頼隆がほぼ同時に城内に飛び込み、三好勢を叩きのめしたのである。

数は、織田勢の八〇〇〇に対して、三好勢二〇〇〇と大きな差があったが、それでも戦いがはじまってから、わずか二刻《ふたとき》で城内に飛び込めたのは、攻めが苛烈《かれつ》であったからだ。

三好勢としては、岩屋城に敵を引きつけて時間を稼いでいるうちに、水軍をぶつけるなり、阿波、讃岐から援軍を送るなりして、織田勢を挟み撃ちにするつもりだったのだろう。岩屋城城主の菅達長は挑発しても兵を繰りだしてくることがなかったところを見ると、そのあたりの手筈《てはず》は整っていたとみられる。

だが、敵の策略に乗るほど、織田勢は甘くない。

敵が準備を整える前に、津田信澄や蜂屋頼隆、さらには利三が信長の下知に従って、攻撃し、三好勢の守りを打ち破った。罠があるのはわかっていたが、それが動く前に罠ごと打ち砕いてしまったのである。

先手を取っての戦いであり、三好勢には付けいる隙《すき》を見せなかった。

利三が視線を本丸に向けると、黒い煙が何本かあがっていた。

誰かが火をかけたと思われる。三好勢も後退に入っており、勝ち鬨《どき》を揚げるまで、さして時はかからないだろう。

鮮やかな岩屋城攻めを主導したのは、あの信長だった。彼が攻める手順をていねいに語り、手勢を割り振り、陣頭に立って下知を出した。

その結果が短時間での陥落であり、これで信長の評価はあがるだろう。正しくは、かつてと同じ物差しまで戻ると言うべきか。

ここのところ、合戦の場で、信長は輝きを見せておらず、不審に思う家臣もいたが、それは今日の戦いで払拭されるはずだ。

それがよいことなのか。利三にはわからなかった。

信長が偽物《にせもの》であることは変わらず、いつ、その正体が露見してもおかしくない。

事実、合戦前の軍議でも、これまでとは違うふるまいを指摘されて、何度も背筋が冷える場面があった。

あの信長は巧みに冗談を交えて、年を取れば変わることもあると語って、ごまかしたが、蜂屋頼隆は何度も首をひねっていたし、息子である織田信孝は強い視線を送っていた。

不安定この上ない状況で、果たして、この勝利がよい方向に働くのか。何とも言いがたい。

利三は思わず息をつく。

風で雲が流れて、頭上から初冬の弱い光が降りそそぐ。

遠からず木枯らしが吹き、西国も冬の空気につつまれる。さすがに淡路で雪が降ることはないだろうが、寒さに対する準備は必要だろう。

あの男は、そのあたりを理解しているのか。


利三は、光秀に頼まれて、信長と行動を共にしている。

できることなら、光秀自身が傍らにあって助力したかったようだが、近すぎると怪しまれて、後々、問題になる。ただでさえ、信長と光秀が私的に話をする光景が見られて、家中で噂になっていたほどだ。無理はできない。

伯耆での差配を任されていることもあり、光秀は断腸の思いで利三に後をまかせて、安土を去った。

正直なところ、あの信長はよくやっている。

見たところ、合戦には不慣れなようだが、糧食を整え、矢玉を用意し、将兵をきっちり振り分けている。淡路攻略戦にあたっては、織田家配下の九鬼《くき》水軍だけでなく、播磨灘に影響力を持つ海賊衆の助力も得て、軍船を用意していた。

淡路上陸にあたっては、毛利水軍を追い払い、津田、蜂屋の手勢が痛手を受けぬように手を尽くしていた。

細々とした問題を解決し、実際に淡路に兵を送り込み、岩屋城での合戦で優位に立つのは、簡単なことではない。光秀の助力があったにしても、その能力は認めざるをえない。

「妙な知恵も持っているようであるしな」

あの信長は、利三が知らない世界の住民であり、理解できない知識を有していた。

ろじすてぃっくという謎の言葉もその一つだった。蔵の管理をしていたと発言したこともあり、糧食や金銭の管理はうまいようだった。

あとは、無茶をしないで、素直にこちらの言うことを聞いていてくれればよいが……。

利三が馬に歩み寄ったところで、崩れた柵の陰から使番が現れて、膝をついた。

「申しあげます。上様がいらっしゃいました」

「何だと」

「はっ。城を検分したいと。大手門をくぐりましたから、すぐにこちらに来ます」

「馬鹿な。まだ敵兵がいるのに」

残党が身を隠している状況下で、うかつに身体をさらせば、どうなるか。

どうも、あの信長は前に出すぎる。弓矢が飛びかう戦場にも平然と姿を見せ、味方の動きを見ている。それが信長だと思っているようだ。

確かに、信長は陣頭に立つのを好んだが、本当の意味での最前線に姿を現すことはほとんどなかった。自分の価値をよくわかっており、決して討ち取られないように用心深く行動していた。

どうにもわかっていない。

利三は腹をたてながら、信長が来る方向に足を向けた。

なぜ、自分がこんなことを考えねばならぬのか。

ひどく鬱陶《うっとう》しい。

三

一〇月一三日　淡路西方海上

潮に乗って、軍船がひとかたまりになって迫ってくる。

先頭は、あら波の指物を矢倉にたてた大型船。九鬼水軍の関船だった。

その船を囲むようにして、四隻の関船が波を切り裂いて直進している。動きには迷いがない。

矢倉の上には、鉄砲隊が居並び、こちらに銃口を向けている。


「撃ってくるぞ、備えよ」

村上三郎兵衛尉景親《むらかみさぶろうべえのじょうかげちか》が吠えると、それを待っていたかのように敵船から銃声が轟《とどろ》いた。

海上を玉がつらぬく。

ほとんどは海面を叩いたが、何発かは船腹に命中して、鈍い音をたてた。

つづけざまに銃口が燦《きら》めき、弾雨が降りそそぐ。

「怯《ひる》むな。この揺れだ。たやすく当たりはせぬ。我らが力、ここで見せてやれ」

おうと声があがって、船足があがる。

景親が差配する宮島丸《みやじままる》は、織田勢との距離を詰めていた。

今日の戦いは負けられない。

織田勢の攻勢を受けて、毛利水軍はいそぎ軍船をそろえて、備前豊島《てしま》を出陣した。

正直、景親は、たった一日で、岩屋城が落ちるとは思っていなかった。二〇〇〇の将兵がこもっており、しかも経験豊富な菅が守っているのだから、最低でも三日は持ちこたえてくれると読んでいた。

その間に、讃岐の水軍と歩調を合わせて攻勢をかけ、織田勢を淡路に孤立させる目論見《もくろみ》をたてていた。

家督を嗣《つ》いだばかりの兄、村上元吉《もとよし》もそのつもりで合戦の準備をしていた。

それが予想外の早さでの落城した。

読みが外れて、景親は動揺した。

間違いではないのかと思い、家臣を送って、淡路の情勢を確かめたが、事実だった。

それればかりか、新たに和泉から織田の軍勢が出て、淡路の中心、洲本城《すもとじょう》に迫っているという知らせも入ってきた。

織田の動きは、驚くほど速い。


景親がすぐに淡路に兵を送るように進言すると、元吉も同意し、今回の出陣となった。

関船が五隻に、小早が一六隻ではいかにも少ないが、ここは気にしていられなかった。

すぐに、元吉が率いる主力が姿を見せる。

今は、織田の動きを封じることが大事だ。

「突っ込め！」

景親は采配を振るった。身体が震えるのは、これから迫る戦いに興奮しているからだ。

景親は、能島《のしま》村上家当主、村上武吉の次男として生まれたが、水軍よりは陸の戦いをまかされることが多く、上月城《こうづきじょう》の戦いや羽衣石城をめぐる小競り合いに投入された。

そのまま小早川隆景の与力になるという話も出ていたが、京の騒乱が彼の行く末を変えた。

毛利は織田と再度、対決することになり、軍勢の強化が図られた。水軍も当然ながら増強となり、そこで景親が兄である村上元吉の配下に入り、新たな軍船の指揮を任されることになった。

急な話だったが、元吉と共に行動したこともあり、差配の心得は持っていた。何度か海上の戦いに参加して、手柄をあげている。

さらなる戦いに、身震いするのは当然であり、織田が迫っていると聞いて、彼は勢い込んで出陣の準備を整えていたのである。

それが、まさか……。

景親は顔をあげて、正面を見つめる。

彼が立っているのは、宮島丸の矢倉だ。

高さは二丈。露天で、広さは三〇畳ほどで、彼のほかには、鉄砲を持った足軽が一〇名ほど並んで、景親の指示を待っている。

船の速度はあがっていた。両舷《りょうげん》から伸びる十数本の櫓《ろ》が呼吸をあわせて、水をかきあげている。

時折、矢倉に飛び散る水しぶきが心地よい。

織田勢との距離は詰まり、九鬼の関船が前方に迫る。

銃声が轟き、矢倉に玉が突き刺さる。

それは途切れることなくつづき、ついには柵の一部をえぐり取った。

「よし。放て！」

景親が下知を出すと、鉄砲がいっせいにうなり、船上が煙につつまれた。

視界が晴れたところで、二度目の轟音《ごうおん》が広がる。

玉は先頭の関船に届いているはずだったが、動きに変化はなかった。

速度も落ちておらず、銃声も消えることはない。

「さすがに、鉄砲ではな」

兵を叩き落とすことはできても、船に被害を与えることはできない。

大鉄砲でも使えば、何とかなるかもしれないが、揺れる船上では当てるのがむずかしい。

勝負はこの先である。

「火矢の用意だ。もう少し近づいたら、仕掛ける」

景親が指示を出すと、鉄砲足軽が下がって、弓矢を手にした兵が矢倉に並んだ。

鏃《やじり》には、油を染みこませた布を巻きつけており、火をつければ、たちどころに燃えあがる。

火矢を打ちこめば、たちまち船は燃えあがる。

一本ならばまだしも、五本、一〇本と突き刺されば、大型の関船でも手に負えず、沈むのを待つだけだ。

水上での戦いは、火矢で敵船を焼き払うか、あるいは船を寄せて相手の船に乗り込み、白刃を振るって武者を切り伏せるか、そのどちらかで決まる。

村上水軍は海上での戦いに慣れている。

木津《きづ》川口《がわぐち》の戦いのように、河口に近い穏やかな海面ならばともかく、荒れた外海ならば、負けるはずがない。

「このまま押し込む」

もう少し近づいたところで、勝負だ。

景親が唇を噛みしめた時、突然、織田の関船から煙があがった。

空気を切り裂く奇妙な音が響いて、棒の形をした何かが放たれた。

それは、尾部から火を放ちながら、彼らに迫ってくる。

「何だ、あれは」

驚く景親の前で、それは立てつづけに織田の船から放たれて、毛利水軍に向かってきた。

四

一〇月一四日　洲本城

織田侍従信孝は馬から下りると、足軽を押しのけて前に出た。鬱陶《うっとう》しい面当てを思い切って外す。

「ええい、何をぐずぐずしているか。行け。前に出よ」

信孝は、目の前に吠えた。

「洲本の城は目の前であるぞ。なにゆえ、このようなところで手間取っているのか。進め、無理してでも突き抜けろ」

長柄《ながえ》を持った足軽は呆然《ぼうぜん》としている。差配をする足軽大将も何も言わずに立ち尽くしていた。

彼方で銃声が轟《とどろ》く中、誰もが動けずにいる。

異様な雰囲気はしばしつづいた。

それを変えたのは、右から現れた騎馬武者だった。

「何をなさっておられるのですか。侍従様」

黒の具足を身につけた武者は馬から降り、信孝に駆けよってきた。

「こんなところに出て、敵に取り囲まれたら、どうなさるのですか。侍従様は目立つのですぞ」

信孝は、織田の一族ということで、人目を惹く具足を身につけている。

胴丸は漆の黒塗りで、草摺《くさずり》には金の刺繍《ししゅう》が施されている。兜《かぶと》の意匠も凝っており、前立は金の織田木瓜《もっこう》と金の簾《すだれ》である。

これに、赤地に白の永楽銭を染め抜いた軍旗を立てていれば、どこから見ても信孝がいるとわかる。

戦《いくさ》において、目立つのは当り前のことで、派手にするのは当然だった。

いったい、何を言っているのか。

信孝が反論を試みようとしたが、それよりも早く相手が話をはじめていた。

「洲本をめぐる戦いは、はじまったばかり。まだ味方は大手門にもたどり着いておりませぬ。敵の攻勢は強く、いつ突き崩されてもおかしくないというところで、なぜ、ここまで前に出られるのか」

「何を」

「侍従様が我《わ》が儘《まま》放題で、命を落とされるのは、一向にかまいませぬ。されど、それで毛利勢を勢いづけ、味方に痛手を与えるようでは困ります」

「よくも、おぬし、そのようなことを」

信長の息子である自分に向かって。

少し前までならば、考えられないことだ。

彼を怒鳴りつけたのは、毛利河内守長秀《ながひで》で、その父親は尾張守護、斯波義統《しばよしむね》であるという由緒ある血筋の武将だった。早くから信長に仕《つか》え、桶狭《おけはざ》間《ま》の戦いでも戦功を挙げている。

畿内の戦いでも戦功を挙げて、次第に織田家で重きを置かれるようになった。武田征伐では高遠《たかとお》城《じょう》攻めで名を残し、その後の論功行賞で伊那郡を与えられている。

京の騒乱で、信濃が乱れると、滝川一益が交代するまで伊那を保持し、その後は安土に戻った。

長秀は切腹も覚悟していたらしいが、信長は九月に顔をあわせた時に、許し、四国討伐に加わるように命じた。

それに応える形で、長秀は信孝と共に、洲本城を攻めたてていた。

「無茶はなさいますな」

髭が白く染まった武者は、信孝をにらみつけた。

「まだ、敵の数は多く、たやすく突破することはできませぬ。兵を減らしていかがしますか」

　歴戦の強者だけあって、その発言は重い。

　だが、信孝も黙って言うことを聞くつもりはなかった。

「だから、我がここに来ている。毛利勢は右が手薄で、あそこを突けば、城に取りつくことができる。ここで押すべきなのに、こやつ等がぐずぐずしているから、叱りつけに来た」

　洲本城の毛利勢は、一部が城から出て、織田勢を迎え撃っていた。城と連携しながらの攻撃で、信孝の手勢は、狭い道に追い込まれて、前進が止まってしまった。

　腹がたった信孝は、数名の家臣だけを連れて前線に出て来たのである。

「それが無茶だと申しているのです。行かぬのは行けぬからです。敵の鉄砲が居並ぶ死地に、足軽を放り込んでどうします。長篠の武田よりも、ひどいことになりますぞ」

「では、どうしろと」

「お下がりなされ。今日の所は、数も足りておりませぬので、どうやっても城を抜くことはできませぬ」

　長秀の語気は強く、信孝は押された。

「明日、岩屋を抜いた兵が、こちらに回ってきます。あわせれば、数は一万。これならば、毛利勢を圧倒できましょう」

「わかっている」

　だが、それでは間に合わない。

　岩屋城を落とした織田勢は、わずかな守りを残して、この洲本城に向かっている。

　津田信澄や蜂屋頼隆はもちろん、父である織田信長も同道している。むしろ、信長が先鋒に立って南下中という知らせすら入っていた。

だから焦る。今までのようでは駄目だ。

父は変わった。

そのことを信孝は強く感じている。

これまでのように甘やかしてくることはなく、自分の子であることを実績で示すように求めてくる。ふるまいを見れば、それはわかる。

出陣の前に讃岐の件について話をされたが、一国が欲しければ群を抜く実績を挙げてみせよと、はっきりと言われた。五月の時とは違い、無条件で統治をまかせる気はないことが感じとれた。

信孝を見る父の目は、異様に冷たかった。冷や汗に耐えながら平伏したのをはっきりとおぼえている。

なぜ、父が変わったのか、信孝にはわからない。

京の騒乱で、兄である信忠が再起不能に陥《おちい》ったのが驚きだったのか。それとも、自分が頼りないと思ったのか。見た目だけではわからない。

ただ、信長は、信孝も含めて織田一族全員に、厳しい態度を取っており、光秀や秀吉と並ぶ功績を挙げて、はじめて論功を与える旨を示している。

実際、兄の信雄《のぶかつ》は先月末、勘気をこうむって、伊勢の領地を一部没収されていた。

これまでのように、一族という理由だけで、近江や畿内に領地を賜《たまわ》ることはない。

下手をすれば、切り捨てられる。

あの目を思い出すたびに、信孝は恐怖にかられる。自分を息子と思っていないかのようにすら感じられた。

「やらねばならぬのだ」

「侍従様」

「我は勝つ。今日、ここで」

信孝は馬に駆けよると、眼前の敵に視線を送る。

毛利勢は、鉄砲で守りを固めており、突破はむずかしいように思える。

だが、手をこまねいてはいられない。

生き残るために、信孝は無理をするつもりだった。

五

一〇月一四日　淡路島西方一里

「三郎兵衛様、あかつき丸が」

兵の声に村上景親が視線を向けると、関船から火があがっていた。宮島丸の左翼を航行していたあかつき丸で、艦首で赤い炎が激しく揺らぐ。

水夫《かこ》が駆けよって水をかけるが、火勢が強くて押しとどめることはできない。

逆に、敵船からの攻撃を受け、船尾や矢倉にも火災が生じていた。

「くそっ。また、あれか」

景親の目は、あかつき丸に迫る軍船に向けられている。

織田勢の関船だ。

大きく舵を左に切って、並走する位置につけており、先刻から一方的に攻撃をつづけている。

火矢や鉄砲もあるが、何より強烈だったのは、矢倉に装備された火箭《かせん》である。

どのような仕組みになっているかわからないが、足軽が火をつけると、尾部から炎を噴き出して勝手に飛んで行く。

命中すると、爆発して、小さな炎の塊をまき散らし、甲板をすさまじい勢いで焼いていく。

火箭という武具があり、それが中華の地で使われていることは景親も知っていた。

しかし、まさか、それを日の本で、しかも海上で使ってくるとは。いったい、誰が考えついたのか。

効果的なだけに質《たち》が悪かった。

すでに今日だけで二隻の関船が沈められており、このまま放置すれば、もう一隻、増えてしまう。

景親は唇を噛みしめた。

北からの風が吹いて、あかつき丸からの煙が流れ込んでくる。それは、濃くなる一方で、危険な徴候だった。

「どうして、こんなことに……」

淡路島近海は毛利の海であり、風向きも潮の流れも熟知していた。軍船も数をそろえており、織田勢には負けていなかった。

にもかかわらず、一方的な展開になるとは。

昨日からはじまった淡路島西方での海戦は、毛利勢が著《いちじる》しく不利な立場に置かれていた。

緒戦こそ戦いを有利に進めていたが、織田勢があの火箭を使い、攻勢を強めてくると、たちどころに押しこまれた。

たてつづけに、二隻の関船が燃えて、味方の左翼は突き崩された。

そこに、小早の一団が姿を見せ、火矢を射かけつつ距離を詰めてきた。互いに船を寄せて斬り合いをはじめるまで、さして時はかからず、しばらくは敵味方入り乱れての戦いとなった。

味方は奮戦したが、火箭で関船を焼かれて、主導権を握ることができないのが痛かった。徐々に討ち取られて、小早も沈められて、不利な情勢に追い込まれていく。

やむなく、景親は後退を命じた。織田勢は追い討ちをかけてきたが、天候が悪化したこともあって、かろうじて逃げ切ることができた。

そして、今日の戦いである。景親は手持ちの軍船をほぼすべて投入して、勝負を賭けた。

先頭の関船には鉄砲組を並べて、火力で圧倒する姿勢を鮮明にした。

ここで負けるわけにはいかなかった。

潮目を読んで、毛利勢はうまく織田勢との距離を詰めて先手を取った。

昨日、火箭を放った関船を包囲し、火矢を集中的に叩き込んで、一気にその船体を焼いてみせた。

味方の動きは機敏で、これなら勝てると景親は確信した。

しかし、織田勢は驚くほど冷静だった。

「敵の動きはどうか」

景親が訊ねると、足軽が声を張りあげた。

「右翼は間を取ったまま近づいてきませぬ。攻めているのは左翼だけです」

「九鬼の船はどこにいる」

「右翼です。様子を見ていて、動いてきませぬ」

「忌《い》ま忌ましい」

景親が見ても、右翼前方の敵軍船は距離を保ったままだった。火箭も火矢も放つことはなく、ただ舟航しているだけだ。

関船が焼かれて以来、織田勢は間合いを取って、無理に仕掛けてくることはなかった。

怒りにかられることもなく、恐慌に陥《おちい》ることもなく、大将の下知に従って、毛利勢が攻めれば退き、退けば間合いを詰めていた。

左翼にしても、攻めているのは関船が一隻と小早が三隻だけで、他の軍船は距離を開けている。

乱戦を求めていただけに腹立たしい。

敵味方が入り乱れての戦いとなれば、技量に勝る毛利勢が有利だ。一対一ならば、織田勢に後れを取ることなどありえない。

うまく敵軍船を自陣に引っ張り込んで、個々の戦いで決着をつけるつもりだったのに、織田勢はそれを見越しているのか接近を避けていた。

味方の動きは中途半端になり、かえって敵につけ込まれている。

「このままでは、やられるだけだ」

洲本城をめぐる戦いも激しくなっており、下手を打つと元吉の主力が来る前に、決着がついてしまう。それは許されない。

「押し返すぞ。まずは、左翼の軍船だ」

今は、近くの敵を倒す。

景親が下知を出すと、宮島丸は大きく左に舵を切って、織田の関船に迫った。

すでに、あかつき丸は炎につつまれて、左後方で止まっていた。

水が入っているのか、船体は大きく傾いている。

あきらめて、海に飛び込む将兵も見てとれる。

景親は握る手に力を込めて、敵船を見つめる。

「放て！」

鉄砲がうなり、関船の矢倉が弾ける。

距離は半町と離れていない。この距離ならば、十分にいける。

「火矢だ。敵を焼き払ってしまえ」

景親が大きく手を振ったところで、敵軍船が距離を詰めてきた。

矢倉には、例の火箭がある。

標的は宮島丸だ。

動きにためらいがないのは、近づくのを待っていたからだ。

景親は声を張りあげた。

「いかん。やられるぞ。右に……」

彼の叫びは、銃声によって遮《さえぎ》られた。

敵の鉄砲がいっせいに火を噴いたためである。

弾雨を避けることができず、景親は甲冑《かっちゅう》を射抜かれた。

倒れる彼の視界に写ったのは、瀬戸内の空に浮かぶ小さな雲だった。

六

一〇月一五日　洲本城西方半里

一久は床机《しょうぎ》に座って、正面の山を見つめた。

山頂に近いところで、指物が動いているのが見える。黄色や青、赤と色鮮やかである。

津田信澄や蜂屋頼隆の旗が目立つ一方で、黄色の織田木瓜は山の中腹にかたまっていた。先刻から山は登っているものの、動きは鈍い。

煙が何本が上って、時折、赤い炎が揺らぐのも視界に飛び込んできていた。

おそらく、戦いは有利に進んでいる。

味方は洲本城の大手門を破り、城の奥深くに進んでいる。津田信澄の手勢は、間もなく本丸に届くであろう。

わかっていても、ただ後方で見ているだけというのは、ひどくいらつく。

何とか、この目で確かめたい。

一久が立ちあがると、それを待っていたかのように光泰が現れて、膝をついた。

「ここに留まってくだされ、上様。味方は勝っております」

「ならば、なおのこと、この目で検分せねばならぬ。論功にもかかわる」

「それは、軍監にまかせておけばよいかと。万が一のことがあってはなりませぬ」

頭に血がのぼって、一久は刀に手をかけた。

周囲の空気が揺れる。

光泰は黙って頭を下げている。

信長は自分に意見する者を許さない。勘気に触れれば、成敗されるのも当り前だ。

本来の信長ならば、一瞬で叩き斬っていた。そう一久は思う。

だが、彼はためらった末に、柄から手を離して床机に腰を下ろした。

光泰は、信長に忠義を尽くしている。献身的に世話をする一方で、そのふるまいが間違っているとなれば、直言することも辞さない。

岩屋城攻めでは城攻めが直に見たいと言う一久の前に立ち塞がって、家臣の手柄を奪っていかにするのかと言い放った。主君を守るという強い意志がそこにはあった。

その気持ちが伝わるだけに、とうてい成敗する気にはなれない。罵倒するのですらつらい。

信長らしくないと疑われるかもしれぬが、自分の思いに逆らうことはできなかった。

「あいわかった。ここで様子を見よう」

「ご配慮、感謝いたします」

「それで、おぬしは、どう見る。城攻めの様子」

光泰は顔をあげて、振り向いた。

「今日中には、洲本城は落ちるものかと。津田様の手勢があそこまで駆けあがっていれば、もはや防ぐことはできますまい」

「安宅神五郎《じんごろう》はどうか」

「城を失って、腹を切るような武士ではございますまい。おそらく落ちのびて、阿波の三好山城と合流するものかと」

「であるか」

一久は応じた。

実は、光秀から信長は、であるか、という返答はあまりしなかったと言われていた。年を取ってからはなおさらで、この一年はほとんど聞いていなかったと語った。

それでも、一久は、あえてこの表現を使った。

彼の知っている信長ならば、そのようにすると思ってのことだ。

「洲本城が落ちれば、淡路で三好勢が踏みとどまるのはむずかしいかと。早々に下がるでしょう」

光泰は静かに語った。

淡路島の要衝は北の岩屋城、中部の洲本城だ。南には志知城《しちじょう》、鶴島城《つるしま》もあるが、岩屋、洲本の二つに比べれば、城は小さく、手勢も少ない。戦いの推移を見れば、恐れをなして逃げ出すだろう。

それがわかっていたので、一久は岩屋城と洲本城の攻略に勝負を賭けた。

緒戦で明石から二万の兵を送り込んで、一瞬で岩屋城を叩いて、三好勢の意気をくじく。その勢いに乗じて、大坂から一万の兵を船団に乗せて、洲本城を攻めたてる。

支援に来る毛利勢は、事前に用意していた九鬼水軍で追い払う。

速さは信長の特徴でもあり、短時間で洲本城を落とすことができれば、復活を強くアピールできるという目算もあった。

「それでも、淡路に来てから、わずか五日。それで、洲本城を落とすのですから、見事な手並みでございます」

茶の小袖に濃緑の袴という小姓が姿を見せて、一久の前で膝をついた。顔立ちは整っていて、一久の時代でも美少年で通るだろう。肌の白さと髪の黒さが鮮やかかな対照をなしている。

華奢《きゃしゃ》な身体付きで、手足の細さを感じとることができる。

織田信兼《のぶかね》は、信長の弟である、織田勘十郎信《かんじゅうろうのぶ》勝《かつ》の子どもで、津田信澄の弟にあたる人物だ。年は一六歳と兄とはかなり離れており、付き合いもあまりないらしい。

今年の五月に小姓になったばかりで、七月に入れ替えをおこなった時にも、信長との縁が薄かったということで残された。

口がうまく、ためらうことなくお世辞を語る。

自分が美少年であることを自覚しており、他人よりも評価されて当然と思っている節がある。

光秀によれば、信長から美濃の大森城《おおもりじょう》を賜《たまわ》ることを約束されていたらしい。

腹のたつ話だ。一久が前に勤めていた会社にも、似たような奴がいた。

顔立ちがよく、口がたって社長に評価されていた。だが、逃げ出すのは彼が最も早かった。

この小姓が寵愛《ちょうあい》を受けていたのか。信長は、どれほど堕落していたのか。

「海での戦いでも勝ちを収めております。これならば、讃岐、阿波はもちろん、四国もまるごと手に入れることができましょう」

「その時には、おぬしにも土地をくれてやろう。阿波の片隅で、静かに暮らすがよい」

一久は、そこで口元を歪《ゆが》めた。

「もっとも、自ら手柄を挙げることができればという話であるが。おぬしも織田の一族ならば、自らの手で道を切り開いてみせよ」

峻烈《しゅんれつ》な一言に、信兼は顔を真っ赤にした。

頭を下げると、信長の前から退出する。それを追うのが古参の側近で、一久を見る目は冷たかった。

憎まれたかもしれないが、かまってはいられない。

これからの織田は一族といえども贔屓《ひいき》はしない。正しく実力で駆けあがってもらう。

「おぬしも励め、十次郎。期待しているぞ」

一久は、光泰に声をかけた。

これは本音だった。光泰がどこまでやるのか、一久は楽しみにしている。

轟音《ごうおん》が響いて、洲本城から大きな火の手があがった。それは一気に広がり、本丸があるとおぼしき場所をたちまち包みこんでいった。

七

一〇月二〇日　姫路城《ひめじじょう》

羽柴筑前守秀吉が城の奥に用意された板間に入ると、その人物は床机《しょうぎ》に腰かけて、彼を待っていた。

足が奇妙な形で曲がっているのは、長きにわたって牢内に閉じこめられた結果である。顔のあばたはいまだに消えず、髪も薄い。

韓紅《からくれない》の大紋も骨張った身体に似合っているとは言えない。病み上がりの老人のような風情だ。

しかし、炯々《けいけい》と輝く瞳が、その男が体内に抱える莫大な熱量を表現していた。

彼は、世界を変えたいという強い願望を有している。沸き起こる知謀も、人の裏をかく謀略もその表れに過ぎない。

それがこの先、戦国の世をどのように変えていくのか、誰にもわからない。秀吉にできることといえば、それを利用することだけだ。

黒田官兵衛考高《くろだかんべえよしたか》は秀吉を見て、腰をあげようとした。

すぐさま秀吉が声をかける。

「無理をするな。そのままでよい」

秀吉の言葉に、考高は素直に従い、腰を下ろした。

「今日は傷むのか」

「少々。雨がよくないですな」

「大事にせい。これより先は、労る余裕もなくなるかもしれぬ」

「さようで」

二人は床机に腰掛け、互いの顔を見る。

板間に他の人物はいない。静寂が広がるが、それは苦痛ではなかった。

二人が顔をあわせているのは、播磨姫路城の会所だ。床の間はあって、誰のものともしれない掛け軸が飾ってあるが、調度といえば、それぐらいで、あとは剝《む》きだしの壁が冷たい輝きを放っているだけだった。

鎧戸が閉ざされていて、灯りがなければ、互いの顔を見ることもできない。

わずかに空気が流れて、官兵衛の影が揺れる。

「洲本城が落ちたとのことですな」

官兵衛が話を切り出した。声は低い。

「ああ。三日前のことだ。二万の兵で一挙に攻めかかって、勝負をつけた。安宅神五郎は、阿波に逃げた」

「さすがに逃げ足だけは速い」

「織田が攻めてきて、淡路国内は大きく割れた。

寝返って上様に味方する者も多かった。神五郎が逃げるのもやむを得まい」

「ずいぶんとお優しい。同情しておるのですか」

「そう見えるか」

「いいえ」

淡路の安宅氏は、苦労して、秀吉が味方につけた一族だ。三好康長との縁をうまく使い、毛利と戦っている最中、何度となく顔をあわせて、ようやく囲い込んだ。金もずいぶんとばらまいている。

それが、京で騒乱が起きた途端、返り忠をうち、三好勢と手を組んで、淡路を攻略して、自らは洲本城に居座った。一時は、秀吉の後背を断つため、明石に上陸する動きすら見せていた。

飼い犬に手をかまれただけでも腹立たしいのに、無様に淡路から下がって、津田信澄や蜂屋頼隆に手柄を与えるとは、腹がたつことこのうえない。

見かけたら、即座にその首と胴を切り離してやりたいところだ。

官兵衛もその辺りはよくわかっているだろうに、わざと秀吉を煽《あお》るような文言で確認を取ってきた。

智者というのは、時折、人の気分を逆撫でする。

「知らせは入ってきていますか」

「上様からはない。ただ、小姓からの知らせで、織田勢は淡路で兵を整えたら、一気に阿波へ進出するようだ。手勢は三万。長宗我部と手を組み、一挙に三好勢を撲滅する策だ。上様も阿波へ渡るという。いよいよ四国に手をかけるつもりよ」

「手を組むのは、長宗我部ですか。では、筑前様に割って入る余地はございませぬな」

「長宗我部の取次は日向だ。我では、どうすることもできぬ」

織田が長宗我部との付き合いを深めるにあたっ

て、大きな役割を果たしたのは、明智家中の斎藤利三だ。彼の縁者が長宗我部元親の正室であり、その縁で書状のやりとりをおこなった。

秀吉と三好康長がそこに割って入り、四国討伐の先鞭《せんべん》をつけたことから、一時、織田と長宗我部の関係は悪化していたが、京の騒乱で光秀と信長の関係が大きく変わると、長宗我部は再び織田に接近して、共同で四国を攻めることを決めた。

三好康長が裏切ったこともあり、秀吉のたくらみはすべて破談となった。

それも腹立たしいかぎりだ。

「どう見る」

「阿波では三好が優位を保っておりますが、長宗我部の勢いもたいしたもの。そこに上様の手勢が加われば、どうなるかわかりませんな」

「三好が国衆をまとめられるとは限らぬか」

「讃岐の香川家は、とうに長宗我部になびいており、時をおかず、三好勢と一戦を交えることになりましょう。東讃の香西《こうざい》も怪しいし、阿波の一宮《いちのみや》も三好に味方とするとは思えませぬ。最後まで踏ん張るのは、七条《しちじょう》、矢野《やの》、赤沢《あかざわ》ぐらいかと」

考高の声は低く、不思議なぐらいよく響いた。

さすがに見る目があると思う。

黒田考高は、播州小寺《ばんしゅうこでら》家の家臣、黒田職隆《もとたか》の子として生まれ、若い頃からその才覚を高く評価されてきた。小寺政職《まさもと》の側近となり、小寺官兵衛を名乗ったのがその証《あかし》である。

信長に接近したのは天正三年のことで、岐阜で謁見《えっけん》し、それ以降は秀吉と共に播磨攻略に携わることになる。

荒木村重が叛乱《はんらん》を起こすと、有岡城に説得に向かったが、逆に捕らえられて、一年半にわたって監禁されることになる。いまだに足が不自由なのはその影響である。

ようやく播磨を平定し、因幡攻め、淡路攻めを成功させた後に、備中へ転進、秀吉と共に毛利家との戦いに心血を注ぐことになる。

信長の家臣であり、秀吉とは寄親と寄子の関係であるが、長年、行動を共にしていることもあって、秀吉は実質的に家臣のように扱っていたし、考高もその立場を受けいれていた。

その知謀は鋭く、大事にかかわるとき、秀吉が必ず相談する相手だった。

四国情勢についても、国衆の動きを細かくつかんでいて、現時点では織田・長宗我部勢が優勢であると判断していた。

「上様は、自ら阿波に乗り込むと聞いております。織田が有利に事を進めれば、臣従を誓う者は、いくらでも出てきましょう」

「逆に、上様が討たれれば、それで終わりか」

「戦《いくさ》でやられることはないでしょう。戦では」

「そうさな」

それ以外のことではわからないと、考高は語っている。煽られた気がして、秀吉は不快になった。

「上様は、自ら前に出るようになりました。かつてのように」

「それが、おかしいのだ」

何かが変事が起きている。それは、秀吉の確信であった。

「武田征伐の頃、いや、その前から、上様の心持ちは内に向いていた。織内での戦いに勝ち、西国や東国の争いもうまくいっていた。このままならば、天下静謐《せいひつ》は間違いなしと思ったのであろう。だから、堕ちた」

日々の享楽に溺《おぼ》れ、政《まつりごと》から背を向けた。

気に入った家臣を近くに置いて、面倒な功臣は遠ざけるべく手を打った。

秀吉も、避けられた家臣だった。

信長に仕《つか》えて長くはあるが、側近でもなければ、一族でもなかった。心から信頼しているわけではなく、きっかけがあれば排除されていただろう。

実際、秀吉は信長の勘気に触れて、長い間、筑前守を名乗ることを禁じられていた。それが引き金となって、さらなる災いを引きつけることは十分にありえた。

自分は危険なところにいる。それがわかっていたからこそ、光秀を煽った。

彼が誅殺《ちゅうさつ》されたら、自分がその代わりを務めればよいとの思いがあり、自分の身を守る最善の策でもあった。

だから、光秀が京に攻め入ったと聞いた時には、驚いた。そこまでやるとは思わなかった。

どうやら、彼も知らぬ背景が、光秀にはあったようで、それが秀吉の煽りと重なって思わぬ形で爆発したと言える。

「だが、京の騒乱以後、上様は変わった。側近を変え、一族も遠ざけて、自ら政と向かい合うようになった。酒も女も遠ざけた」

「天下に目を向けるようになったと」

「本気で日の本をまとめることを考えている。織田家の武で、奥羽から薩摩まで掌中に収め、新しい世の中を築くつもりだ」

「よいことなのでは」

「いや、違う。おかしいのだ。今の上様に、そのようなことができるはずがない」

長く仕えてきた秀吉だからわかる。

信長は、疲れていた。

家督を嗣《つ》いだ直後から、三〇年にわたって戦いつづけ、心の負担はおそろしいほどに高まっていた。事を深く思い巡らすことができず、その場の思いつきで事を決めてしまうことが増えた。

同じ話を何度も繰り返しているのに、そのことを自覚していなかったこともある。ひどい時には、下した命令を忘れてしまい、一月も経ってから同じことを口にしたことすらあった。

たまった疲れは深山の雪のごとくで、明らかに信長の心に弾力がなかった。

箍《たが》が外れたところで、信長は享楽に走った。

そうなれば、もはや止められない。巨大な織田家を束ねる頭領は、行く先を失い、明らかに暴走していた。

たとえ、光秀が動かずとも、いずれ信長は駄目になり、織田家は崩壊していた。早いか、遅いかの違いで、その時にどう生き残るかが、秀吉の課題だった。

「疲れて、坂を転げ落ちた男は、二度と立ち直ることはできぬ。佐久間玄蕃《げんば》もその一人だ。儂《わし》は数多く、そういう者を見てきた。上様がそうなるのはつらかったが、やむを得ないと思っていた」

「それが急に変わりました。京の騒乱以後」

「別人になったかのようだ。いや、本当に別人になったと儂は見ている」

妄想と言われてもおかしくない発言を、考高は静かに聞いていた。

先月、信長と評議の場で会い、その後、少し話をして、これまでと違うことに秀吉は気づいた。

「そう。あまりにも、上様らしい。まるで他人が上様がこうあるべきと考えて、演じているかのようにな」

信長は果断と臆病を併せ持つ不思議な人物であり、そのどちらが表に出てくるのかは、その時の状況による。表向きは積極的であっても、実は入念に準備をし、決して危険がないとわかってから行動することも珍しくなかった。

長篠の合戦にあたっては、武田勝頼《かつより》を徹底的に調べあげ、舞台となる長篠についても人から話を聞いて、どのような場所であるかを確認してから動いた。出陣の時も、自らに危険が及ばぬように策を講じた。

要するに、自分の身が大事なのだが、それを決して悟られぬように気を配り、勇ましい人物としての外面を作り出していた。

見栄っ張りこそ信長の根幹だ。

それがきれいに失われていて、今の信長は果断な一面しかみせていない。

一族と側近を遠のけたのも、本来の信長であったら、そのようにすると考えて、勝手に動いているだけのことだ。

実のところ、信長は、人は甘い言葉が大好きだから、褒めてくれる側近を手放すようなことはしない。

秀吉は、気になって、信長の身辺を調べあげた。

表向きは以前と同じに見えるが、おかしな所も目立った。光秀以外の将とあまり会わず、書状も直筆は極端に少ない。京では公家とまったく顔をあわせず、朝廷との付き合いも避けている。

何よりも、奥向きにほとんど足を踏み入れていなかった。安土に赴《おもむ》いても鷺山殿《さぎやまどの》や於鍋《おなべ》の方と話をする機会はないようで、秀吉が話を聞いた侍女は不信感を抱いていた。

信長は、あのように見えて、女には細やかな気配りをする。かつて秀吉が女遊びに興じていた時にも、妻の寧々《ねね》に書状を出し、さりげなく悋気を燃やさぬように諭している。

年を取ってからも、その点だけは変わりなく、今回のように放置するのは異様だった。

何より、今の信長は、本気で日の本の統一を考えていた。

四国、九州、関八州、さらに奥羽まで、あまねく織田の武力を及ぼし、自らが頂点に立って一つの国を作り出そうとしている。安土城での軍議でもその旨を語っていたし、後に秀吉と二人きりで会った時にも、強い言葉で天下について話をした。

秀吉の不信感は、そこで頂点に達した。

やはり、おかしい。

信長が日の本をまとめることについて語るのは。

内情を知らぬ者には信じられないかもしれないが、信長は、これまで一度として天下統一を考えたことはなかった。

口ではそれらしいことを語っていても、本気でそこに思いをはせたことはない。

足利義昭を奉じて上洛したのも、将軍の権威が欲しかっただけで、畿内をまとめあげれば、それで十分と思っていた。毛利や上杉と戦ったのも、境目を接して、それぞれに味方する勢力が衝突したからであって、和議の話が出れば、素直に受けいれていた。

武田征伐を終えた後ですら、本気で毛利や長宗我部を叩きつぶして、織田の武威《ぶい》を広めようとは思っていなかった。

実際、これまで信長は天下や日の本について語ったことはないし、そのための政策を発表したこともない。それは隠していたのではなく、端《はな》から持っていなかったからだ。

信長の視野は、周囲が知るよりも狭かった。それは堕落してからも変わらない。むしろ、さらに狭くなったとすら言える。

今の信長は、秀吉の知っている信長とは大きな差違がある。

そこから導かれる結論は、一つだ。

「上様は別人になっておられる。だが、見た目は変わらない」

「狐憑《きつねつ》きではありませぬな」

「そうだ。頭ははっきりしておられる。あたかも戦国の世のすべてを知っておられるかのようだ。わかっていて、上様のふりをしている。そう見るのが妥当であろうな」

「いったい、何のために」

「そこが気がかりよ」

今の信長は、日の本の統一に全力を傾けている。それが正しい事であるかのように、異様なまでの情熱を傾けている。

それも、かつての信長とは違う。

「勘違いして、つまらぬ戦に手を出されては困る。天下統一を望んでいる者など、どこにもおらぬ」

織田の将に限らず、ほとんどの武士は己《おのれ》の領土を保つことができれば、それでいいと思っている。拡大を求める者は数えるほどしかおらず、そのために兵を率いて遠征してもかまわないと考える者はさらに少なかった。

今の信長がこれまで以上に他国に進出するのであれば、それについていけない者が出てくる。

「織田の一族では、不満がたまっております。畿内さえ押さえていればいいのに、なぜ、無理をして出て行くのかと。しかも、これまでのように依怙贔屓《えこひいき》してはくれないのですから」

「近くに仕えていた者たちもだ。見ろ、これを」

秀吉は懐《ふところ》から書状を出して、考高の前に投げ捨てた。一〇通はある。

「すさまじいですな」

「これでも一部よ。森兄弟ですら、文句を言ってきている」

信長の変貌が、彼には相当に衝撃だったのであろう。取りなしを求める声は、驚くほど秀吉に届いており、彼はそのすべてに返答を出していた。

「さて、どうするべきか」

「織田家中は大きく揺れましょう。上様が日の本をまとめあげようとするならば、不満はさらに大きくなるはず」

考高は秀吉を見つめた。その眼光は鋭い。

「どこかで大きな動きがあるはず。その時、どうするか。深くかかわらず、時が来るのを待つか、あるいは自ら渦中に飛び込み、天下を引っかき回していくか。それを決めるのは筑前殿かと」

「無難であるのは、時を待つことだが」

「そうも言っていられないのは、御存知のはず」

今度は官兵衛が懐から書状を出して、二人の間に置いた。

秀吉は口を結ぶ。わかっていても、やはり驚く。

「返事が来ました。やはり、上様のやりようはおかしいと思っているとのことです。いかがなさいますか」

あの大物が不満を持っている。それを無視することができるのか。

秀吉は十分に間を置いてから、口を開いた。答えは決まっていた。

八

一〇月二二日　駿府

　徳川右近衛権少将家康は、濡縁《ぬれえん》に腰を下ろしながら、書状を読んでいた。

　ひどく忌《い》ま忌ましい内容だった。予想どおりだったとはいえ、改めて突きつけられると、何とも腹立たしい。

　丸めて捨ててやろうかと思ったが、最後の瞬間に思い直して、きちんと畳んで傍《かたわ》らに置いた。

　大きく息をついて、空を見あげる。

　晩秋の青い空が目の前に広がる。

　雲は視界の片隅に浮かんでいるだけで、白い太陽は何者に遮《さえぎ》られることなく、やわらかい光を放つ。

　視線を下に戻せば、殺風景な庭が視界に飛び込んでくる。

　先だっての駿府攻めで、このあたりは戦渦に巻きこまれて、すべてが失われた。家康はすぐに手直しにかかったが、半年あまりでは、見映えをよくするまでに至らなかった。来年の春、草木が芽吹く頃には、景観は一変しているであろう。

「もっとも、それまで生きていればな」

「ずいぶんと弱気なことをおっしゃいますな。殿」

　高い声に顔を向ければ、壮年の武将が彼を見ていた。

　水色の肩衣に、濃紺の袴というでたちで、帯には扇子を指している。髷《まげ》は小さかったが、それは髪が薄くなっているためだった。

　丸い顔には笑みがある。見ていると自然と気がゆるんでしまうのは、付き合いが長いためだろう。

三方ヶ原でも、長篠でも、この表情に救われた。

石川伯耆守数正《いしかわほうきのかみかずまさ》は、家康が今川家《いまがわけ》に人質となっていた時から仕《つか》えている家臣で、苦境に陥《おちい》った時にも常に離れず、支えつづけた。

かつて織田信長と交渉にあたり、同盟関係を築いたのも数正だ。

優れた軍師であり、家康の信頼はきわめて厚い。

数正は、家康の横に腰を下ろした。仕草は荒っぽく、それが家康の心にゆとりを与えた。

「聞いていたのか」

そう訊ねる声はやわらかくなっていた。

「それはもう。殿の声なら聞き漏らすことはございませぬ」

「よく言う。この間は、我の言うことを聞かず、勝手に尾張の様子を見に行ったくせに。どうでもよいことは聞いているくせに、肝心の時には横っ面《つら》を向いている。面倒くさい奴よ」

「それは、お互い様。殿も大事な時こそ、こちらの話を聞きませぬ」

数正は笑った。こうしたやりとりができるのも、彼だけだった。

「して、どうなさいました。こんなところで渋い顔をして座っておられるとは」

「察しはついていよう」

家康が書状を押しつけると、数正はすぐに目を通した。口元が大きく吊りあがる。

「森乱丸からですか」

「ああ、川中島四郡を取り返したいから、すぐに兵を出して欲しいと言ってきた」

家康は顔をしかめた。

「今月中には甲斐の北条勢を打ち破って、佐久に出たいようだ。馬鹿馬鹿しい。寒くなって雪が降れば、東信ですら兵を動かすのはむずかしい。北信の川中島へ出向くなど、愚の骨頂よ」

「しかも、この物言い。我らが従って、当然と思っているかのようですな」

数正は、手紙を手の甲で叩いた。

「傲慢《ごうまん》きわまりない。前右府《さきのうふ》様の側で働いていたときのことが忘れられないようで」

「あの頃は、ひどかったな」

森成利、長隆、長氏の三兄弟は、信長の小姓として務めていた頃、ひどく専横にふるまって、三河武士に嫌われていた。

成利は、使者として三河を訪れた時、家康を家臣のように扱い、酒井《さかい》忠次《ただつぐ》や大久保《おおくぼ》忠世《ただよ》の怒りを買った。無礼と言われても、我に逆らうは上様に逆らうのと同じと放言し、態度を改めることはなかった。

成利が三河での出来事をあしざまに報告したため、家康の評判は落ち、徳川と織田の関係は極端に悪化した。手切れも考えられたが、数正の奔走《ほんそう》で最悪の事態は避けることができた。

五月末に家康が安土を訪れた時、暗殺されるかもしれないと噂されたのも、成利との騒動が深くかかわっていたからだ。

森三兄弟は、信長と家康の間に入り、決して直には話をさせようとはしなかった。彼らを通さねば、軍議すらできず、武田征伐の時にはひどく苦労させられた。

話ができなかったのは、織田の家臣でも同じで、森三兄弟を含めた信長側近の所業は織田家中に大きな亀裂を作っていた。

「乱丸めが、かつての栄光を忘れられないとするなら、それはとんでもない誤りだな」

「尻尾を振っても、相手にされない時が来たのです。それは、当り前のことなのですが」

異様な側近政治が改められたのは、京の騒乱があってからだ。側近はすべて改められ、森三兄弟も最前線の地に送り込まれた。しかも知行は手柄次第との達しがあってのことだ。

成利が送り込まれたのは甲斐の地であり、河尻秀隆と共同して、武田残党を叩く役目を与えられている。

「兵が少ないとはいえ、武田の残党を押さえられぬようでは話にならぬ。思いのほか、使えぬ輩《やから》だったな」

「手前は、端《はな》から駄目だと思っておりましたよ。見下すことしか知らぬ馬鹿に、人は使えませぬよ」

「手厳しいな。言うとおりではあるが」

「手を貸しますか」

「馬鹿を言え。誰があんな奴に」

家康は吐き捨てた。

「苦労するがよいのだ。悪さをした報いよ」

成利を助けて、家臣を失うようなことになったら、死んでも死にきれない。その価値はない。

「では、しばらく放っておきます。手に負えなくなったところで、我らがかっさらうというのも一つの手かと」

数正の声は低く響く。

それは、家康も考えていたことであるが、実際にできるかと言われれば、むずかしい。

甲斐は、武田勝頼を滅ぼした後、織田家が押さえていたが、京の騒乱で信長が死んだという知らせが流れてくると、武田の残党や将兵がいっせいに蜂起して、織田勢に襲いかかった。

甲斐の領主は河尻秀隆だったが、浮き足だった味方を押さえることができず、たちまち新府《しんぷ》から追い出された。兵を整えて反撃に転じたが、武田残党は地の利を生かして迎え撃ち、さんざんに打ち負かされた。

今は、駿河との国境まで下がって対応策を練っているところで、駿府の家康にも始終、書状を寄越していた。

「武田残党は、信濃を経由してきた北条氏政の軍勢と合流して、織田勢を迎え撃つ体勢を整えている。数では敵方が上回っており、打ち破るには手間がかかろうて」

「殿が動けば、何とかなりましょうが」

数正は、目を細めて家康を見た。

「気になりますか、前右府様が」

「なる」

家康はためらわず応じた。

「前右府様がいるかぎり、我らは好き勝手できぬ。甲斐を乗っ取るつもりと思われたら、我らは誅殺《ちゅうさつ》されるぞ」

「確かに。我らを見る目は厳しいですからな」

「何より、今の前右府様は、これまでとは違う。果敢で苛烈《かれつ》だ。若い頃に戻ったかのようで、下手なことはできぬ」

京の騒乱後、家康が甲斐や信濃に進出できなかったのは、信長の生死が不明であったためだ。

死んでいれば、混乱する織田家を尻目に堂々と進軍して、切り取り放題にしていた。少なくとも甲斐は手にできた自信がある。

一方で生きていれば、信長と連絡を取り合い、織田勢を支援して、甲斐、信濃の鎮圧に尽力した。相談もなしに突入すれば、欲をかいて甲斐に向かったと思われかねず、確実に成敗の対象となる。

生死が確認できず、手をこまねいているうちに、北条勢は滝川一益を撃破して信濃に乱入して、東信から伊那まで手にした。

一方、上杉景勝は川中島四郡を押さえて、信濃に向かう織田勢を牽制している。

「前右府様が九月に姿を見せるまで、我らはどうすることもできませんでした。もう少し早く織田が動いてくれていればとは思います」

「そうでもない。割り切って、織田と手を切るのも一つの手であった」

北条と手を組み、尾張、美濃をねらうのも策の一つにあった。信長のふるまいが京の騒乱前と変わっていなければ、実行していたかもしれない。

武田征伐の前後から、信長は堕落しており、家康は以前のような恐怖を感じていなかった。

側近の甘言にうつつを抜かし、政《まつりごと》を放りだすような、本当の意味でのうつけ者であれば、いずれ寝首をかかれるだろうと思っていたし、やらぬ者がいなければ、自分が手を下してもいいと思っていたほどだ。

信長は、その時点で、家康に見下される存在にまで堕ちていた。

だが、九月に姿を見せた信長からは、強い覇気を感じた。

直筆ではないが、何度も書状を寄越し、力強い言葉で、互いに協力し合い、日の本をまとめあげようと書き記していた。

信長が若い頃の覇気を取り戻したのであれば、逆らってはならない。北条と組んでも、いずれ打ち破られて首を取られる。

「前右府様が本当に変わったのかどうか、正直、わかりかねますな。我が身に置き換えれば、年を取ってから、昔の気迫を取り戻すのがいかにむずかしいかわかります」

口調は軽かったが、数正の表情は真剣だった。

「単なる気まぐれということもありうるか」

「ですが、それで、側近を各地に飛ばすというのはどうかと。己《おの》が身は四国討伐に向かうのですから、なおさら」

「本気と見るか」

「何とも申せませぬ。前右府様は、すさまじい御方ですから。ただ、うかつに動くのは危ういかと」

「今は、織田の味方をするべきであろうな」

矛《ほこ》を逆《さか》しまにして、尾張や美濃を攻める理由はなかった。今は素直に従い、来るべき騒乱に備えて力を蓄えておくが吉であろう。

織田家は大きく揺れており、このまま終わるはずがなかった。

「羽柴筑前からの書状は」

「来ております。ご覧になりますか」

「ここではまずい。奥へ」

家康は立ちあがった。

数正宛に秀吉から書状が届いていた。三通目で、前の二通はご機嫌伺《うかがい》だった。

そろそろ、ねらいが明らかになっても、おかしくない頃だ。

秀吉がどう動くのか。

徳川が生き残るためにも、それは確認しておく必要があった。

家康は立ちあがり、書院に向かう。

それにあわせるかのように日は陰り、広縁は冷たい空気につつまれていた。

第四章　四国の戦い

一

一〇月二六日　土佐泊城《どまりじょう》

「進めえ、進めえ！」

津田信澄が馬上で槍を振りあげると、長柄《ながえ》を手にした足軽がいっせいに前へ出た。

対する三好勢は、騎馬武者に押し込まれたおかげで、陣形が乱れていた。津田勢の迎え撃つ準備が整っておらず、後退気味である。

勢いに乗る味方は一気に間合いを詰めて、激しく槍を振りおろした。

槍衾《やりぶすま》を整える間もない、荒っぽい攻撃である。

喊声《かんせい》があがって、陣笠が戦場に飛び散る。

頭を打ち砕かれて、三好勢は次々と倒されていく。さながら刈られる稲穂のようで、抵抗は驚くほど弱い。

大手門は目の前で、このまま押していけば、半刻《はんとき》もかからずにたどり着く。

「このまま押し切るぞ。阿波での一番手柄は、我々が取る」

信澄が攻めたてているのは、阿波国の東端、大毛島《おおげじま》に築かれた土佐泊城である。

淡路島と向き合う場所に位置し、阿波の城門とでも言うべき存在だ。

城主は森志摩守村春《しまのかみむらはる》。三好家に仕《つか》え、強力な一軍を率いて、阿波支配の一翼を担っている。

築城の時期は判然としないが、阿波で三好と細川が激しく戦うようになった頃には、存在していた。

島伝いに攻めていけば最初にぶつかる障壁だが、逆に言えば、早々に叩くことができれば、最短で阿波を攻略できる。

攻めかかった兵は、一万五〇〇〇。

大半は、淡路島攻略にあたった勢力で、全島の制圧を確認すると、そのまま兵を整えて、大毛島に進出したのである。

九鬼水軍が先行して、三好水軍を打ち払っており、上陸するまで敵に襲われることはなかった。

信澄の八〇〇〇は大毛島の東岸に上陸し、島の南を回って、土佐泊城に迫っている。

昨日の戦いで、三好勢を叩き、そのまま城攻めを敢行した。すでに先鋒は空掘を越えて、南の曲輪《くるわ》に迫る勢いだ。

大手門を突破すれば、さらに戦いが有利に進むはずで、ここは無理をしてでも前進するつもりだった。

信澄が家臣を率いて、足軽勢を左から追いぬくと、紫の指物をした騎馬武者が姿を現した。

数は三〇といったところで、全員が半槍を手にしている。

「まだ、城外に出ている者たちがいたのか」

とっくに全員が籠城していると思っていた。勇気があるのか、それとも愚かなのか。

「そこにいるは、津田七兵衛《しちべえ》か」

大声で呼びかけてきたのは、黒の具足に、黒の兜という格好の武者だった。穂が赤黒く染まっているところを見ると、どこかで戦ってきたのであろう。

面当てをしていても、厳しい表情をしていることがわかる。

「我は、佐川弥次郎《さがわやじろう》。森家にこの者ありと言われる武者よ」

「わざわざ名乗らずともよい。雑兵が」

「ぬかせ。勝手次第に阿波の地に足を踏み入れるとは。面が厚いにも程がある」

「何を言うか。上様の意に従わず、たびたび、和泉や河内を攻めたてたのはおぬしらであろう。図々しいのは、そちらではないのか」

「口だけは達者だな。さすがに、親を殺した男に仕える武者は違うな」

強烈な言葉に、信澄の血は沸騰した。

彼の父である織田勘十郎信勝は、信長の弟であったが、林秀貞《はやしひでさだ》や柴田勝家とともに叛旗《はんき》を翻《ひるがえ》して、稲生《いのう》で戦い、敗北した。一時は許されて尾張に留まっていたが、なおも信長に反抗する気配を見せたため、清洲城で謀殺された。

幸い信澄は許され、その後は柴田勝家によって育てられた。

父が信長に逆らったという事実は、信澄にとっては大きな汚点だった。

信長の配下になって、越前、近江、摂津で戦い、大きな戦果を挙げても、父親のふるまいを揶揄《やゆ》する声は止まらず、いつ敵を取るのかと罵《ののし》られたこともあった。

京で騒乱が起きた時には、危うく暗殺されそうになったが、それは正室が光秀の娘だったということよりも、いつか信長に逆らうのではないかと勘ぐられていたのが大きかった。

「父上を侮辱するとは、許せぬ」

信澄は間合いを詰めると、強烈な一撃を振りおろす。

弥次郎は、槍をかざして防ぐ。

つづけざまに信澄は槍を振るい、相手の急所をねらう。

弥次郎はかわしつつ、後退する。

口ほどにもない。この程度の腕で、よく威張れたものよ。

信澄は果敢に攻め、弥次郎を追い込んでいく。

「これで終《しま》いだ」

最後の一撃と思って振りおろした槍は、弥次郎が後退したことでかわされた。

前のめりになったところで、今度は敵の槍が迫る。

横からだ。強烈な一撃で、袖をつらぬかれる。

気づくと、信澄の周囲には、騎馬武者が集まっていた。前後左右に貼りついて、彼の動きを封じている。


「しまった。誘われたか」

弥次郎が下がるのにあわせて、前に出過ぎた。

端から、敵はこの機会をねらっていた。

右から攻められて、信澄は下がってかわした。

入れ替わるようにして、森弥次郎が現れて、強烈な突きを放つ。

穂が兜《かぶと》をかすめる。

衝撃で、頭が激しく揺れた。

めまいを感じながら、信澄は下がる。

だが、戦いの場から逃げることはなく、あえて敵の騎馬武者に挑む。

こんな所で、負けてはいられない。

打ち破って突破して、手柄を挙げてみせる。

城や国を手にするために。

信長は家中の仕組みを変えて、成果をあげた者に論功を与えると決めた。譜代や一族を優遇することなく、新参者でも戦功次第で、褒美を与えるということだ。

反発する者も多く、信澄は何度となく文句を聞かされたが、同意はしなかった。

苛烈《かれつ》な実力主義は歓迎である。

信澄は織田家中での席次は高かったが、十分に功績を挙げているとはいえず、いつか実力を示したいと考えていた。かつて大和一国が欲しいと語ったのも、己《おのれ》を鼓舞《こぶ》するためだ。

信長は実の子であっても、役目を果たさなければ、報いることはないと言い切っている。

事実、淡路の戦いで、織田信孝が負傷した時には役たたずがと罵ったと言われる。見舞いには行ったものの、やさしい言葉をかけることもなく、四半刻もせずに立ち去った。

信長が正しく評価してくれるのであれば、信澄は苛烈な戦場に身を置くことは厭《いと》わない。手柄をあげ、知行地を得ることが何よりも大事だ。

本来ならば、一軍の大将である彼が、あえて前線に姿を現し、自ら槍を振るうのも、その覚悟をみせるためだ。

「行くぞ。貴様らには負けぬ」

信澄は馬をめぐらせ、左から敵を攻めたてる。

背後から家臣の彼を呼ぶ声がしたが、まったく気にしなかった。

右手奥方向の城門から声があがる。

織田勢は前進をつづけ、土佐泊城を確実に圧迫していた。

二

一一月一日　白地城

「そうか。織田は阿波に入ったか」

長宗我部土佐守元親は、上座で腰を下ろしたまま、大きく息を吐いた。しばし天井を見つめる。

「ここまで早いとは。驚きだ」

「誠に。その勢い、留まるところを知りませぬ」

応じたのは、元親の右前方に座った男だった。

香宗我部《こうそかべ》安芸守親泰《ちかやす》である。

元親より二歳年下で、一七歳の時に、父親の命により香宗我部親秀《ちかひで》の養子となった。

武勇に長《た》け、元親の代わりに総大将として合戦を指揮することもある。阿波海部城《かいふじょう》をめぐる戦いでは大きな功績を挙げ、後に城をまかされるまでになった。

元親の信頼は厚く、今回、織田と再び手を握った時にも、早くから相談して、その方向性を共に考えていた。彼がいなければ、阿波や讃岐への進出はおろか、土佐の統一すら成し遂げることはできなかったであろう。

親泰は、元親を見つめた。

彼らが話をしていたのは四国の要衝、白地城の広間で、元親が上座に座り、その前に左右に分かれる形で、家臣が腰を下ろしていた。

親泰は、元親に最も近い場所にいて、先刻から阿波の情勢について説明していた。

時刻は、正午過ぎ。やわらかい光が鎧戸《よろいど》から差し込み、晩秋の寒さをやわらげてくれる。

「淡路を制した織田勢は、たいして時をかけることなく、阿波へ攻め入りました。動きの早さから見て、端《はな》からそのつもりだったと見ます。まずは、八〇〇〇で土佐泊城を攻め、これを落としました」

「まさか、一日も保たぬとはな」

「はい。森志摩は、織田勢に備えており、城には三〇〇〇の兵が留まっていたと聞いております。それがまたたく間に打ち破られたのですから、その手並み、驚くべきとしか言いようがありませぬ」

「裏で話がついていたのではありませぬか」

口をはさんできたのは、元親から見て、左の末席に座っている武将だった。親泰と同じく、具足を身につけている。

吊り上がった目と尖った顔が特徴である。

久武《ひさたけ》内蔵助親直《ちかなお》は、元親に尽くした久武親信《ちかのぶ》の弟で、親信が三年前に討死すると、その家督を嗣《つ》いで元親に仕えている。讃岐攻めで功をあげたが、国衆の香川之景《ゆきかげ》との間で悶着を起こして、しばし謹慎していた。

自分が目立とうという意思が強すぎて、よく和を乱す。兄の親直はそのことを気にしていて、元親に彼を重用せぬように進言していたが、まったく無視することは親直の功を考えてもできず、今回も軍議の場には呼んでいる。

「聞いたところによりますと、森志摩は織田に下ったとのこと。話がついていて、城攻めも芝居だったのではありませぬか」

「そうは思えぬ」

親泰は厳しい声で反論した。

「城をめぐる戦いでは、名のある将も討たれている。水軍をそろえて迎え撃ったところを見れば、森志摩の戦意は高かったと見るべきです。早く戦が終わったのは、織田が強かっただけのこと。うかつなことは言うな」

叱りつけられて、親直は頭を下げた。

しかし、その目が吊りあがるのを元親は見逃さなかった。

親泰は元親に視線を向けた。親直がどう思っていてもまったく気にしていないようで、淡々と話をつづけていく。

「織田勢は土佐泊を仕留めると、次には木津城《きづじょう》を攻めたて、これを取り囲んでおります。ただ、無理して落とすつもりはないようで、二〇〇〇の兵を残して、主力は西に向かいました」

親泰は横目で、右に置かれた絵図を見やった。

それは畳三枚分にもなる大きなもので、阿波の城や兵の位置がわかるかぎり記されていた。

木津城は、大毛島を渡って四国に入った場所にあり、土佐泊城と並ぶ阿波の城門だった。


「あえて落とさずとしたのは、無駄な手数をかけたくなかったからか」

元親の言葉に、親泰がうなずいた。

「そのように見ます。ねらいは、間違いなく勝瑞城かと」

木津城の西、吉野川の河口に近い一角に、三好家の本拠である勝瑞城がある。築城の時期ははっきりしないが、勝瑞には阿波守護、細川家が守護地を築いており、阿波の中心といってよい。

細川家が没落し、三好家が本拠としてからも、それは変わらず、三好長慶の時代には、実弟の豊前守実休《じっきゅう》が暮らし、兄を助けて、阿波の統治をおこなった。

平城で、周辺は土塁と堀に囲まれている。生活の中心である居館部分と、軍勢を指揮する本丸は別れており、時勢に応じて、当主は暮らすところを変える。

　今の主は三好山城守康長で、当主の三好河内守義堅に代わって、阿波の統治をまかされている。

「勝瑞城の守りは決して堅くありませんが、周辺には矢上城《やかみじょう》、住吉城《すみよし》、板西城《ばんざい》があり、敵が押し寄せれば、他の城から兵を繰りだして助ける形になっております。吉野川の北に広がるこれらの城が一つの城といってもよい形で、落とすのはたやすくありませぬ」

　親泰の説明は明快だった。

　実のところ、元親も一度だけ忍んで勝瑞に赴《おもむ》いたことがあるが、巧妙に配置された城を見て、攻め落とすのはむずかしいと思わされた。

「それでも、織田は勝瑞をねらうと思うか」

「間違いなく」

「それは、いかなる理由《わけ》か」

「阿波征伐は、通り道に過ぎないからです」

　親泰は元親に顔を向けた。

「殿と組んで、阿波、讃岐を平らげた後は、毛利との戦いに臨み、備後、安芸、さらには伊予にまで手を伸ばす。毛利が終われば、今度は九州に討ち入りましょう。薩摩の端まで掌中に収めるつもりであり、それならば阿波でぐずぐずすることはありますまい」

　信長の視野は、おそろしく広く、すでに九州討伐の手立てすら考えているかもしれない。親泰の見立ては正しく、阿波で時間をかけるつもりはないはずだ。

「一気に来るな。兵は二万か」

「いえ、三万は超えるでしょう。もしやすると、五万に達するかもしれませぬ。それだけ大軍を動かすゆとりが、織田にはございます」

大広間にざわめきが走る。長宗我部には決してできない動員だ。

今回、一万八〇〇〇を率いてきたが、それでも数をそろえるのは大変だった。

元親は大きく息をついた。

信長は本気で阿波、讃岐征伐を考えており、彼と改めて手を取り合った元親の判断は正しかったことになる。

織田が東から攻めるのであれば、元親は西から攻め、秋月城、西条東城《さいじょうひがしじょう》と攻めたてる。うまくいけば三好を挟撃できる。

併せて、讃岐で兵を動かして、三好義堅を牽制すれば、増援を断ちきり、阿波の戦いはさらに有利になる。

阿波、讃岐を落とせば、四国で残るのは伊予だけになり、統一も目の前に見えてくる。

だが、素直に喜ぶことはできない。

理由は簡単で、共に行動しているのが信長であるからだ。

「このまま、織田と行動を共にしてよいのか」

元親の問いに、親泰が応じる。

「逆らう理由はないと思われますが」

「本気でそう考えているか？」

「おっしゃりたいことはわかります。相手は信長ですから。本来ならば、今頃、矛《ほこ》を交えていてもおかしくない相手でした」

元親の表情は渋い。六月までの状況を思うと、ため息が出そうである。

下手をすると、今頃、元親は信長に叩きのめされて、首をさらされていたかもしれない。

合戦をせずに済んだのは幸運だったからだ。京の騒乱がなかったら、三好が織田から離れることはありえず、長宗我部との関係が再構築されることもなかった。

「正直、信長から書状が来た時には驚いた」

「手前もです。何かの策略ではないかと考えたほどです」

親泰の表情は厳しかった。

「ですが、今、織田は我らに味方して阿波に攻め込んでいることは、疑いようのないこと。三好勢を攻めたて、勝瑞城を取り込むべく西に向かっております。これは千載一遇の好機。生かさぬ手はないかと」

「そうだな。つまらぬ気遣いをしていても、はじまらぬ」

元親は立ちあがって、家臣を見おろした。

この先、状況がどう変わるかわからないからこそ、積極的に動くべきだ。

まずは目の前の敵を叩く。それが第一歩である。

「皆の者、これより総力をあげて、阿波、讃岐に攻めかかる。三好との因縁、ここで断ち切る故《ゆえ》、心してかかるがよい」

元親の家臣がいっせいに頭を下げた。

方針は決まった。後は動くだけだ。

四

一一月一日　勝瑞城

七条孫次郎《まごじろう》兼仲《かねなか》が広間に入った時、腰を下ろした武将たちは、全員が険しい顔をしていた。

赤沢宗伝《そうでん》は腕を組んで目の前の絵図をにらみつけていたし、三好式部少輔《しきぶのしょう》康俊は唇を堅く結んでうつむいていた。武田信顕《のぶあき》は額に手をあてて、石像のように固まっている。

最も重苦しい雰囲気を漂わせていたのは、上座の三好康長だった。

三好義堅の遠縁にあたり、信長を裏切って三好勢に味方した人物は、唇を結んだまま視線を下に向けていた。

表情は異様に硬く、手は強く握られていた。新品の具足もどこかくすんで見える。

丸くなった背は、阿波を束ねる将とは思えない。

兼仲は顔をしかめた。これでは、どうにもならない。

「各々方《おのおのがた》、どうなさった」

あえて兼仲は声を張りあげた。

「さながら負けた後のようではないか。まだ、戦《いくさ》ははじまったばかりだというのに、いったい、どういうわけか。この勝瑞に敵兵は来ておらぬ。矢上や住吉の城も無傷である。なのに、ここでつまらぬ顔をして、じっと座っているだけとは。これでは勝てる戦も取りこぼしますぞ」

ようやく康長が顔をあげた。その瞳には、わずかばかり輝きが戻っている。

兼仲は、絵図の前に立って、全員を見おろした。

「戦う前に、負けるのか。織田の軍門に屈し、みじめな姿を阿波の民に見せるつもりか」

その一言で、全員の顔に精気が戻った。

宗伝は腕組みを解き、信顕は顔を赤くして、兼仲を見つめる。

康長も背筋を伸ばして、兼仲に顔を向ける。

「その言やよし。確かに、織田と戦うのはこれからよ」

康長の声は力強かった。

「意気地のないことでは勝てる戦も勝てぬ。よう言うてくれた、孫次郎」

「ご無礼、お許しくだされ」

「何の。さあ、そこに座れ。軍議をはじめる」

「御意《ぎょい》」

兼仲は絵図の前に坐る。白い紙には、勝瑞城とその周辺の状況が細かく記されていた。

「織田は、やはり勝瑞をねらっていますか」

兼仲の言葉に、宗伝が応じた。

「ああ。津田七兵衛と毛利河内守が先鋒だ。信長がその背後につけている。後詰めは、中川重政《なかがわしげまさ》と池田教正《いけだのりまさ》が務める」

「数は一万五〇〇〇といったところですか」

「もう少しいるかもしれぬ。蜂屋の兵が見当たらないのも気になる」

さすがの手並みと言いかけて、兼仲は口をつぐんだ。敵を褒めてどうするのか。

織田勢は土佐泊城を落とすと、ためらうことなく四国に上陸して、三好家の本拠を目指している。

采配を振るうのは、信長本人だ。

まさか最前線に立つとは思わなかったので、兼仲は驚いた。

「明日にも、先鋒は勝瑞に達しよう」

信顕が身を乗り出して、絵図の一角を示した。

その声には張りがある。

その家名が示すとおり、信顕は甲斐武田の出身だ。父は武田信虎《のぶとら》で、武田信玄の異母兄弟である。庶子とはいえ、今年、信長に滅ぼされた武田家の正統な末裔《まつえい》と言える。

信虎が追放された時に、たまたま三好長慶と知遇を得て、乞われる形で三好家に仕《つか》えた。

年齢はわからないが、五〇にはなっていないと思われる。髪は黒く、顔の皺《しわ》もほとんど目立たない。

「これを迎え撃つことが大事。まずは、鼻面を叩きたい」

「待たれよ。いっそ、勝瑞に敵を引きつけるのはどうか」

口をはさんだのは宗伝である。

阿波赤沢家の当主として、三好実休に仕え、その統治に手を貸し、実休が討死すると、出家して、その子である三好長治を助けて、阿波のまとめ役を長く務めた。

三好家への忠義は厚く、康長が寝返って、阿波に入った時も不信感を持つ諸将を押さえて、自ら配下につくことを決めた。彼のおかげで、阿波の動揺は最小限に済んだと言える。

兼仲も宗伝に戦場での駆け引きを何度となく教わっていた。おかげで単なる怪力に頼る武将から脱皮し、軍議の場でも堂々と発言できるようになった。

口にしたことはないが、兼仲は宗伝を師として慕っている。

「勝瑞なら、一〇日やそこらは保つ。その間に、板西の城から手勢を出して、その横っ面《つら》を張り倒す。住吉や矢野の手勢を出すのもよかろう」

宗伝の指は絵図の上で力強く横に動いた。

「おもしろいやもしれぬ」

康長が興味を示したので、あえて兼仲は割って入った。

「しかし、それでは西の守りが甘くなりましょう。長宗我部が動いてることを考えれば、うかつに動くのは危ういかと」

「奴らは、秋月、西条の城で食い止める。たやすくは抜かれまい」

「敵は勢いに乗っております。甘く見るのは危ういかと」

「あれだけ煽《あお》っておいて、その物言いはどうか。孫次郎」

康長は兼仲をにらみつけた。

「まるで逃げているかのようだ。もっと気を強く持ったらどうか」

「織田と長宗我部を侮《あなど》ってはならぬと申しているのです。どちらも大軍を有しており、この戦いに阿波の命運を賭けております。生半可な策では打ち破られ、我々は阿波から追い出されることになりましょう」

「では、どうすればよいのか」

「勝瑞に織田勢が迫ったところで、兵を繰りだして、その鼻面を叩きます。少しでも敵の動きを鈍らせるのです」

兼仲は絵図の一点を示した。

「ここで時を稼ぎ、讃岐からの手勢が来るのを待ちます。讃岐の殿も織田の動きは承知しているはずで、すでに兵を繰りだしているでしょう。三日もすれば、阿波に入るものかと」

「そこで挟み撃ちか。さすれば、長宗我部も押さえることができよう」

宗伝が発言し、兼仲がうなずいた。

「いかがでしょう」

「悪くない。先手を取って、織田の頭を叩けば、士気もあがる。追い込まれているように見られるのはよくない」

康長は絵図を見ながら、強い口調で応じた。

阿波は長く三好家が支配してきたが、それでも本気で忠節を誓う武士は少ない。かつての守護である細川家を慕う者も多く、一族の者をのぞけば、当てになる者は二〇といない。

ましてや康長は織田を裏切って阿波入りした武将であり、心の底から信頼されているとは言えないところがある。

国衆を味方につけるためにも、勝利を得ることは大事だった。

「よし。織田勢から目を離すな。勝瑞に近づいてきたところで、勝負に出るぞ」

康長が立ちあがり、檄《げき》を飛ばす。

腕を大きく振る姿を見て、兼仲は自然と膝をついていた。

四

一一月四日　勝瑞城北方半里

池田三左衛門照政《さんざえもんてるまさ》が味方を押しのけて前に出ると、浅瀬を渡って、敵の騎馬武者が迫ってくるのが見えた。

三好勢だ。旗印は見たことがない。

数は一〇〇といったところか。

ねらいは、ここだ。

照政の後方では、先刻から鉄砲組が弾雨を降りそそぎ、三好の騎馬武者を押さえ込んでいる。迂回しようにも左手側は泥沼で、突っ込めば、たちまち馬の足が取られてしまう。

鉄砲の数では織田勢に劣っており、突破口を築くことはできない。

状況を打破するため、一部の手勢が浅瀬を強引に渡って、照政の陣地に迫ってきた。ここを打ち破れば、鉄砲勢の側面を叩ける。

「それは、やらせない」

照政は手持ちの兵を率いて、三好勢と対峙する。

矢が舞い、敵の騎馬武者に降りそそぐが、怯《ひる》む気配はない。味方が落馬しても、勢いを増して間合いを詰めてくる。

「行くぞ」

自ら先頭に立って、照政は三好勢に挑んだ。

右から騎馬武者の一団に殴り込みをかけて、半槍で一撃をかける。

喉をつらぬかれて、騎馬武者は落ちる。

つづけて、照政は右からの敵に槍を振りおろす。

穂が袖を切り裂く。

騎馬武者がよろめいたので、照政はさらに槍で攻めたて、胴丸を激しく突く。

衝撃に耐えられず、敵武者は馬から落ちた。

すぐに周囲の足軽が襲いかかり、組み合っての戦いがはじまる。

荒い息づかいと馬の足音が戦場を支配する。

いつしか、照政も呼吸が浅くなっている。

それが気にならなかったのは、血がたぎっているからだ。

見回せば、織田と三好は入り乱れて戦っていた。

陣形は乱れ、騎馬武者も足軽も勝手放題に動いていた。目の前の相手しか見えていない。

照政としては望むところだ。相手の動きを抑えて、鉄砲勢を守ることができれば、それでよいのであるから。

照政が次の相手を求めて、馬を前に出すと、右後方から大きな声が響いた。

「何をやっているか」

振り向けば、赤の鎧を身にまとった武将が声を張りあげていた。兜も赤で、大きな日輪の前立を備えている。

「我らがねらうは、織田の鉄砲であるぞ。こんな

「雑魚《ざこ》には目もくれるな」

どうやら、一軍の将であるらしい。目端の利く者はどこにでもいる。

照政は馬を走らせた。

「雑魚と申したか。我が手勢を」

近づいたところで、彼が声をかけると、敵将はこちらを向いた。視線は鋭い。

手にした武具は偃月刀《えんげつとう》で、驚くほど長くて太い。かなり重いはずで、片手で振り回すのはむずかしいはずだったが、騎馬武者は気にした様子も見せていない。

「我は池田三左衛門照政。尋常に勝負」

「小僧がよく言う。我が名は、七条孫次郎兼仲。命が惜しいのならば、逃げるがよいぞ」

「つまらぬことを」

照政は間合いを詰め、槍を打ちかけた。

喉をねらった一撃は、あっさりと偃月刀で跳ね返された。

つづいて、上から槍を振りおろすも、これも軽々と防がれてしまう。

「今度は、こっちだ」

横薙《よこな》ぎの一撃が来て、照政は下がってかわす。先端が袖の先をかすめる。

ほとんど触れていないはずなのに、衝撃はすさまじく、照政は馬から落ちぬように鐙《あぶみ》で踏ん張らねばならなかった。

兼仲は馬を寄せ、偃月刀を振るう。

自由自在な太刀さばきには、驚きを禁じ得ない。何という膂力《りょりょく》だ。

長宗我部には怪力無双の将がいると聞いていたが、それが彼なのか。

「どうした。そこまでか」

「若さま、お下がりください」

照政が危機とみて、供の若侍が馬を寄せてきた。

「いかん。下がれ」

制止するよりも早く若侍は槍を振るう。

鋭い槍さばきだったが、兼仲には通用しなかった。

払いのけられた瞬間、勝負は決した。

蹴鞠《けまり》のように、若侍の首が高く飛んで、大地に転がり落ちた。

その目は開いたままだ。

「今度は、おぬしだ」

「やらせるか」

照政は偃月刀をかわして、槍を突き入れる。

苦しいが、ここで退《ひ》くわけにはいかない。

織田は、功をあげた者が報償を受ける。

何もできない無能者は顧《かえり》みられることすらなく、ただ捨てられる。

締めあげは厳しいが、照政にとっては望むところでもある。結果を出せば、それでよいのだから。

照政は、池田家の次男であり、家は兄の元助が継ぐ。家臣で終わりたくなければ、己《おのれ》の手で道を切り開くよりない。

照政は、今回、父や兄と離れ、信長の母衣《ほろ》武者という立場で、四国討伐に参加している。

織田はこれから変わる。五月までの陰鬱《いんうつ》な空気は消え去り、新たなる時代に向かって踏み出したことを強く感じる。

信長は、本気で日の本をまとめあげようとしている。気宇壮大《けうそうだい》な試みには、照政も興奮せざるをえない。

手柄をあげる機会もこれで増える。無茶をする価値はあるというものだ。

照政は一度、距離を取って、兼仲を見つめる。

まずは敵の懐《ふところ》に入る。そこから槍を振るっても
よし、飛びついて馬から落としてもよし。
やりようはいくらでもある。
照政は雄叫びをあげて、再び兼仲に迫った。

五

一一月四日　勝瑞城北方半里

斎藤利三は、突っ込んだ先で、三好の足軽が槍を構えていることに気づいた。

五〇を超える長柄《ながえ》が織田勢に向けられる。

三好勢は斜面を下った先にある土手の裏に隠れており、遠くからでは見つけることができなかった。

「かかれえ」

足軽大将が声をかけると、長柄勢がいっせいに槍を突きたてる。上からではなく、下からだ。

利三は馬を押さえて、声を張りあげる。

「止まれ。無理をするとやられるぞ」

声をかけている間にも、馬を長柄でつらぬかれて、武者が地面に落ちる。

立ちあがろうとするところを別の長柄で顔面をつらぬかれて、即死する。

左前方では、味方の武者が長柄に足をつかれて、悲鳴をあげていた。

馬を止めようとするも、うまくいかず、敵陣に飛び込んでしまい、たちまち串刺しになった。

「うかつだったか」

利三は、迫る長柄を槍で払いつつ後退する。

掛け声が響いて、三好の長柄勢が前に出てくる。

穂先は鋭く馬をねらい、またも味方の将が落馬する。その数は増える一方だ。

どうするか。ここは無理して突っ込んで、味方が退く時間を稼ぐか。敵陣をかき回すことはできようが、その一方で自分の身が危うくなる。

利三がためらったところで、敵の長柄が迫る。

足をかすめて血が噴き出したのを見て、利三は馬を下げる。

それを待っていたかのように、三好勢が前に出る。

一瞬で首筋が冷えたその時、彼方から声が響いてきた。

「内蔵助、助けに参ったぞ」

「おお、伝五か」

現れたのは藤田行政で、騎馬鉄砲を引き連れている。光秀から渡された切札だ。

巧みに馬が横に並んだところで、行政が手を振りおろす。

「放て！」

轟音《ごうおん》が響き、足軽が次々と倒れる。

馬が入れ替わって、攻撃がさらにおこなわれると、三好勢は怯《ひる》んで、わずかに下がった。

第三射で陣形が崩れるのを見て、利三は声を張りあげた。

「今ぞ。突っ込め」

騎馬武者の一団が隊伍を固めて、三好勢を攻めたてる。たちまち陣形が崩れて、足軽は馬蹄に踏みにじられた。

「無事か、内蔵助」

「ああ。何とかな」

利三は行政と馬を並べた。

「助かったぞ。よい頃合いで来てくれた」

「池田三左衛門の兵が押されていて、そちらを助けるのに手間取った。もう少し早く来ていればな」

「よい。この程度なら、何とかなる」

犠牲は騎馬武者が五騎と足軽が少々で、これなら後退する必要はなかった。

「それは、重畳《ちようじよう》」

行政は周囲を見回した。その視線は厳しい。

利三も気になって、戦場を見回す。

織田勢と三好勢は、勝瑞城の北方で矛《ほこ》を交えている。南下する織田勢を三好勢が待ち受ける形ではじまり、いまだに決着はつかない。

利三の右手方向で揺れているのは津田信澄の旗で、長柄足軽の抵抗にあって食い止められている。

毛利長秀も同様で、鉄砲が壁になって前進できずにいた。

「三好もなかなかやる。城にこもっているだけでなく、我らの鼻面を叩きに出てくるとは」

「待っているだけではいずれやられると思ったのであろう。地の利もある。先手を取って、引っかき回す策は悪くない」

立ちはだかるのは、三好康俊と七条兼仲の兵で、うまく織田勢の進撃を食い止めていた。時折、横合いから矢野虎村《とらむら》の兵も現れて、連携しながら織田勢に仕掛けていた。

「どうするか」

「うかつに攻めれば、兵を損なう。ここは無理せず、じわりと勝瑞に迫るのがよかろう」

「されど、時をかければ、阿波の西から三好の助けが来る」

「それは、長宗我部に抑えてもらえばよかろう。力押しはうまくない」

「上様は……」

どう考えておられるのかと言いかけて、利三は口をつぐんだ。

今の信長は、合戦の素人だ。死体を見て顔をゆがめているような男に、状況がつかめるはずがなかった。

「津田様に、まかせるしかないか。うまくやってくれるであろう」

　利三の言葉に、行政がうなずいた。

「今は、当初の策に従うだけだ」

　淡路でおこなわれた軍議で、阿波討伐の方針はおおむね決まっていた。

　その時、主導権を取ったのは信長だったが、それは光秀に言い含められた策を語ったからできた。自分の頭で考えていたら、たちまち配下の将に論破されていたと利三は見ている。

「勝瑞を攻めつつ、阿波の三好勢を引きつけて、これを削る。敵が弱ったところで、勢いを強めて、一息に勝瑞を落とす。それしかない」

「そうだな。あとは、我々が……」

　そこで行政が話を切ったのは、明智家の旗を指した使番が迫ってきたからである。先刻、信長に戦況を報告するために送ったのであるが……。

　面当てをしていない顔には、焦りの色が感じられた。

「申しあげます」

「どうしたか」

「上様が前に出ました。三好康俊の手勢を追い込むとのこと。尾張、美濃勢がそれに従って、敵を攻めたてております」

「何だと」

　また無茶を。弾雨が飛びかう中、うかつに前に出れば、どうなるか。

　あの信長は、自分が前に出れば、何とかなると思っている。それは勘違いも甚だしい。

「伝五。ここは我が」

「わかった。上様はこちらで助ける」

行政は味方をまとめて、後方に下がった。

まったく手間をかけさせてくれる。

あの信長は、やはり馬鹿だ。使い物にならない。

六

一一月四日　勝瑞城北方半里

「上様、危のうございます。お下がりくだされ」

明智光泰が馬を前に出して、進路を遮《さえぎ》った。

強い意志がそこにはあったが、一久は無視した。

「下がれ、十次郎。儂《わし》は行く」

「ですが、上様」

「放ってはおけぬ」

信長は強引に馬を前に出した。

光秀が選んでくれた馬はよく人に慣れていて、一久のいい加減な指示にもしっかり答えている。今回も、光泰の脇を抜けて、合戦の場へと一久を導いてくれた。

彼の眼前では、味方の足軽が方陣を組んで、長柄《ながえ》を繰りだしていた。先端はそろっており、前に出て圧迫する。

一方の三好勢も長柄をそろえて織田勢を迎え撃っていた。

怒声と悲鳴が入りまじり、長柄が突き出されるたびに足軽がつらぬかれて大地に倒れる。

風に乗って漂うのは、血と糞尿の匂いだ。

鼻がねじ曲がりそうな悪臭であるが、一久は懸命に耐えて馬上で戦場を見つめていた。

三好との戦いは、一久の考えとは異なる形で展開していた。康長は勝瑞にこもって味方の増援を待つと思っていたのだが、むしろ積極的に城から出て、織田勢を削り取る戦法に出ていた。

中心は三好康俊や七条兼仲の手勢だが、矢野城の矢野虎村とおぼしき兵もおり、ただ織田に攻められるのを待っているのではないという姿勢をみせている。

味方は鼻面を叩かれて、動きが鈍い。

こういう時にこそ、自分が前に出るべきと一久は考えた。

将兵を鼓舞し、自ら采配を振るって雌雄を決する。それをやってこそ信長らしい。後方に引っ込んで模様眺めに徹することなどありえない。

一久は、さらに前に出ようとすると、光泰が馬を下りて、行く手をふさいだ。

「行かせませぬ。どうしてもというのならば、手前を踏みつぶして行ってくだされ」

頭に血がのぼって、一久は手綱《たづな》を握る手に力を込めた。そのまま突き進もうかとも思ったが、寸前でやめて、馬首を返した。

「貴様を踏みつぶして、どうする。一人でも兵が欲しいこの時に」

一久は、光泰を見おろす。

「何をしている。口を取れ。貴様の好きなところに連れて行くがよい」

光泰は頭を下げ、馬に引き綱をかけて、足軽が激突する戦場から一久を放した。

これで命の危険はなくなったが、信長らしいふるまいをみせることはできなくなった。中途半端なふるまいを見て、怪しむ者も出てこよう。

なぜ、光泰にはわからないのか。ここで引っ込むのが信長だと思っているのか。

一久は、光秀と話をして、信長でありつづけると決めた。その判断に間違いはない。

だが、その一方で、彼は自分に、その実力が欠けていることも自覚していた。礼儀作法どころか、日常の所作すら教えを受けなければ満足にできないのである。着物で歩くのもつらい。

記憶も断片的で、ほとんど役にたたない。家臣とどのような話をしたのかもまったくわからず、秀吉と話をした時も、はじめて会った時のことをいわれて、答えに窮してしまった。

体調が優れぬというごまかしも、いつまでも通用はしない。

昔、読んだファンタジー小説なら、主人公は転生した途端、チートな存在になることが多かった。知識でも武力でも何でも持っていて、天下無敵で勝手に仲間もついてくるというパターンだ。こんなことありえないと思いながらも、一久も楽しんで読んでいた。

だが、実際に転生してみれば、できたことといえば、人と話すことと文字を読むことだけで、それ以外は並の人間と変わりがなかった。特別な知識で人を魅了することもできなければ、すさまじい魔術で世界を変革することもなかった。

かろうじて、ロケット砲に関する知識を生かして、軍船に、改良型の火箭《かせん》を装備するように指示を出したが、それも大きく状況を変えるほどではない。

長年、倉庫業に携わっていたので、兵站《へいたん》の改良に手をつけたが、一久の知っているロジスティックの知識がそのまま使えるはずもなく、細かな調整が必要だった。成果が形になって現れるまでには、ひどく長い時がかかる。

要するに、今の一久は、信長の姿をまとったただの人であり、まったくの役たたずだった。

だからこそ、せめて信長らしくふるまおうとするのであるが、それもまたうまくいかない。

非情になりきれない自分が腹立たしい。

一久は唇を噛みしめる。

「さぞ、お怒りでございましょう」

光泰が正面を見たまま、一久に語りかけた。

「逆らうような真似をして、申し訳なく思っております。ですが、手前を含め、側で仕《つか》える者たちは、上様の身を第一に考えております。万が一のことがあったら、死んでも死にきれませぬ。我らは、上様が日の本をまとめあげ、新しい天下を手にする時を心より待ち望んでいるのです。どうか、その時まで、ご自愛くだされ」

光泰の言葉は、一久の心に響いた。彼は本気で信長の作る天下を見たいと願っていて、だからこそ、その身体を案じているのだった。

ここまで人に期待を掛けられたことは、かつてなかった。

一久は、人の世の片隅で、ゴミのように扱われてきたのであるから。

こみあげる涙を、一久は懸命に抑えた。

「つまらぬことを申すな。儂は儂で勝手にやる。貴様らも勝手にするがよい」

「御意《ぎょい》。では、勝手についていかせていただきます」

光泰は淡々と語り、それは激しく一久の魂を揺さぶった。

いけない。これに流されてしまっては。

信長は非情でなくてはならない。第六天魔王として、立ち塞がる敵は粉砕し、武をもって天下をまとめあげねばならない。

温かい心持ちなどいらぬ。

一久は信長になると決めた。ならば、それ以外のものは不要である。

本気で光泰が一久の道をふさぐのであれば、斬り捨てて進まねばならない。それが、本来あるべき姿だ。

一久は、光泰に引かれるまま、無言で阿波の大地を進んでいく。

吹きつける風は、一一月であるにもかかわらず、不思議と温かかった。

七

一一月九日　板西城

七条兼仲が板西城の庭に入ると、広間から赤沢宗伝が姿を見せて、彼を迎えた。

「おう、孫次郎。無事だったか」

「おかげさまで。兵を出してくださって、ありがとうございます」

「何の。おぬしのような武者を失うわけにはいかぬ。それで、率いてきた兵は」

「向こうで休ませております。水をいただけると助かります」

「手配しよう」

宗伝は、甕《かめ》から柄杓《ひしゃく》で水をすくって差し出した。

「飲め。落ち着く」

「かたじけのうございます」

兼仲は一気に飲みほした。頭にかかっていた霧が晴れて、気持ちが穏やかになる。

さすがに、織田勢を突破して板西城に入るのは厳しかった。

「それで、織田はどうだ。退《ひ》きそうか」

宗伝が広縁に腰を下ろして、兼仲に話しかけた。

表情が渋かったので、少しでも明るい話をしたかったのであるが、それはできそうになかった。

「いえ、逆に勢いを増しています。信長は自ら勝瑞城を攻めたて、昨日には先鋒が北の堀に達しました。さすがに、その先には進めませんでしたが、火矢を射かけられて、蔵の一つが燃えております。この先、厳しいことになるかと」

「住吉城はどうか」

「織田に囲まれており、身動きが取れませぬ。式部様も家臣が数多く討たれて、苦労なさっているようで」

「矢上城は、矢野が守っているか」

「今のところは。ですが、津田信澄の手勢に押されて、相当に苦しいと思われます。城門が破られるまで、さして時はかからないかと」

「まさか、ここまで追い込まれるとはな」

宗伝は腕を組んだ。

「織田の勢いを押さえるどころか、逆に押し切られてしまうとは。苦心して送り出した兵が、ことごとく破られてしまうとは思いもよらなかった」

「織田の力、まざまざと見せつけられました」

合戦がはじまってから六日が経った今、三好勢は一方的に追い込まれるだけの展開となっていた。

織田の主力は勝瑞城に押し寄せて、攻勢をつづけている。信長は後方に回ったが、全軍の差配はつづけており、勝瑞の北方には中川重政、高山重友の兵が集まって圧力をかけている。

矢上城を攻めるのは津田信澄で、住吉城を囲む手勢と連携して、三好勢を締めあげている。

「この板西城にも、五〇〇〇が押し寄せてきている」

　宗伝の表情は渋かった。

「これまでの戦いで、城の兵は三〇〇〇まで減ってしまった。打って出ることはできるが、先々のことを考えると、無理はできぬ」

「長宗我部勢も迫ってきております」

　織田勢が攻めている間に、香宗我部親泰率いる七〇〇〇の兵が吉野川に沿って東に向かっている。岩倉城、脇城《わきじょう》はすでに長宗我部の掌中にあり、先鋒はすでに秋月城に迫っていた。

　状況によっては、板西城の兵を後詰めに回さねばならず、兵を減らすような事態はできるかぎり避ける必要があった。

「織田の攻めは、苛烈《かれつ》です」

　兼仲は、合戦の様相を思いだしながら語った。

「策を講じることなく、しゃにむに押してきます。少々の不利があっても、己《おのれ》を顧《かえり》みず、無理に前へ出てきます。陣形は整えておりますし、かなわぬとわかれば退くこともございますが、おしなべて前のめりな戦いぶりです」

「何が、そこまでさせるのか」

　宗伝は、首をひねった。

「優位に立っているのは織田であろう。無理攻めをする理由《わけ》がはっきりせぬ」

「手前もよくわかりませぬ。ただ、信長は功なき者には褒美を与えぬと告げているようで。一族であろうが、お気に入りであろうが、何もせぬままでは蹴落とされると思っているようです。その思いが足軽たちにも乗り移っているものかと」

　織田の攻勢は異様だった。

　後がない死兵のようにふるまう手勢もあり、兼仲も手を焼いていた。

「見せしめもあるのではないか」

宗伝はぽつりと語った。

「逆らう者は容赦しないと。三好は信長に長い間、刃向かっていた。そこに、返り忠をうった康長様が加わり、信長にとっては憎しみの塊となった。だから、すべてをぶつけて叩きつぶすと」

「確かに、それはあるかと」

納得できる理由ではある。敵を許さず、徹底的に追いつめるのは信長らしいやり方だ。

しかし、それだけで、あの激しい攻め手は説明できないように感じられた。

織田家は大きく変わろうとしている。

それは新しい天下を見据えてのことなのか、それとも別の理由があってのことなのか、兼仲にはわからなかった。

「して、この先、どうする」

「手前は、一度、勝瑞に戻ります。様子を確かめませぬと」

「長宗我部はどうする」

「そこは、宗伝様にまかせます。まずは、織田勢を押さえることが肝要かと」

「そうだな。勝瑞を抜かれたら、終わりだ」

そろそろ、讃岐からの援軍も到着する頃だ。うまく挟撃するためには、織田勢を勝瑞の周辺に縛りつけ、しかも味方が大きな痛手を受けぬように激しい攻勢をいなす必要がある。

ここで織田勢を封じ込めることができれば、まだ勝機はある。

「あいわかった。西のことはまかせろ。おぬしは東に……」

宗伝の言葉は途中で途切れた。

本丸の裏手で声があがり、それがたちまち城の全域に広がったからである。落ちつかない空気が二人が話をしている広縁にも漂ってくる。

「いったい、何事か」

宗伝が腰をあげたところで、彼の家臣が裏手から姿を見せた。

「大変でございます、殿。三好康長様が裏切ったとの知らせが」

「何だと」

「勝瑞では、城を割っての争いとなっているとのこと。織田勢もそれに加わっている模様」

「いや、そんなはずはございませぬ」

兼仲は宗伝を見た。

「確かに、康長様は一度、我らから離れておりますが、再び我らに加わった際には、二度と寝返るようなことはないと誓い、自ら軍監をつけるように求めていました」

「軍監は、矢野の家臣だったな」

「はい。信の置ける者で、これまで康長様に怪しい動きはないと申しておりました。なのに、いきなり裏切るとは考えにくいかと」

「では、織田の謀《はかりごと》か。そこをついてくるとは」

三好康長に対する不信感は強く、三好家の家臣ですら疑いの目で見る者が多かった。

戦況が悪化している今ならば、悪い話であればあるほど、安易に広がっていく。うまくやられた。

「いったい、誰が糸を引いているのか」

「それはよい。孫次郎。まずは騒ぎを抑えねば」

宗伝は広間に向かう。

「儂《わし》は、城の者を集めて、事の次第を伝える。おぬしはどうする」

「勝瑞に戻ります」

坂西城ですら、虚偽の知らせで踊らされたのだから、勝瑞やその周辺ではもっと大きな騒ぎになっているかもしれない。

まずは、味方を落ち着かせる。それが大事だ。

「では、参ります」

「頼むぞ」

兼仲は一礼して、宗伝の前を去った。

事態は悪化する一方だ。せめて、讃岐からの援軍が来てくれれば、また流れも変わるが……。

姿を見せぬ味方に思いをはせながら、兼仲は足を速めた。

八

一一月九日　十河城《そごうじょう》

「何だと、それは本当か」

三好河内守義堅は、思わぬ知らせを聞いて立ちあがっていた。

「勝瑞への兵が、織田によって食い止められただと」

「間違いございませぬ。知らせを受け、手の者を送って確かめました。一万の兵は、いまだ阿波に入っておりませぬ」

応じたのは、緑青の大紋をまとった武家だ。

頭を下げているので、表情はわからないが、大きく歪《ゆが》んでいることは想像はつく。手が細かく震えていることからも、感情が高ぶっていることは明らかだ。

横田《よこた》内膳《ないぜん》村詮《むらあき》は、三好康長の甥で、長く阿波岩倉城の守りについていた。康長が裏切ってからも、阿波に残り、凋落する主家を支えた。

十河存保と名乗っていた義堅が、名前を変えた頃から、彼の近くで働くようになり、今では最も便利に使う武将となった。

「敵は、蜂屋兵庫頭。勝瑞の織田勢と分かれて、早くから讃岐を目指していた模様」

「どこでぶつかった」

「三本松《さんぼんまつ》の東でございます」

「そんなところまで踏みこんでいたのか」

義堅は驚いた。

三本松は、大内郡の海岸近くに位置する集落で、阿波の国境からはかなり離れている。これが事実だとすれば、予想よりもはるかに速く讃岐に踏みこんでいることになる。

「今のところ、味方は三本松で踏みとどまっておりますが、いつ打ち破られてもおかしくありませぬ。助けを送るべきかと」

義堅は応じなかった。

村詮の発言が正しいことはわかっているが、ここで兵を動かすのは危険である。

織田が攻勢をかけて以来、讃岐国は大きく揺れていて、国衆をまとめるのがむずかしくなっていた。

当初から敵対的だった香川之景はすでに兵を挙げていたし、義堅に近い安富盛定《やすとみもりさだ》や香西佳清《よしきよ》は領地にこもったまま様子見に徹している。

織田に寝返る国衆も続出しており、淡路の織田勢だけでなく、備前の羽柴秀吉と接触して領地の安堵を願い出ていた。

織田勢が三本松まで進出できたのも、案内役を務めた国衆がいたからだろう。

当てにできる味方がほとんどいない以上、城から兵を出すのは避けたい。

義堅は口を結び、膝に手をつく。

二人が話しているのは、讃岐の要衝、十河城の奥にある書院だ。人払いをしなければならないという事実が、彼らの置かれた状況を示している。

時刻は戌《い》の刻《こく》を過ぎており、吹きぬける隙間《すきま》風《かぜ》は驚くほど冷たい。

義堅は首を振って話をつづける。

「それで、勝瑞の情勢はどうなっている」

「はっきりしませぬ。使いが来たのは二日前で、その者もその二日前に勝瑞を離れておりますから。織田が攻めたてていることは明らかですが、どこまで踏みこんでいるのかはわかりませぬ」

「山城が討ち取られたという話は聞かぬ。まだ踏みとどまっているのであろう」

「ですが、織田の勢いを考えれば、城を守るだけで精一杯とみます。七条様にしても、赤沢様にしても、どれほど動けますか」

「後詰めがなければ、いずれは落ちるか」

城にこもっているだけでは、未来は開けない。それは自明の理だ。

義堅は、織田勢を阿波に引き込んで縛りつけ、頃合いを図って背後から讃岐の手勢を送り込んで叩くという軍略を思い描いていた。地の利は味方にあり、吉野川と阿讃の山々をうまく利用して攻めたてれば、織田の動きを封じることができるとみていた。兵は十分にあった。

しかし今、阿波は一方的に攻めたてられ、讃岐からの援軍もはるか手前で食い止められる始末だ。同調して攻めるはずが、実際には分断されており、阿波も讃岐も情勢は悪化する一方だった。

「いったい、我々はどこで間違ったのか」

そう口走りそうになって、義堅はかろうじて押さえた。それだけは、口にしてはなるまい。

三好家の絶頂は、義堅の伯父にあたる長慶が畿内に進出していた頃であろう。

和泉、摂津、河内を制し、山城や大和にも兵を出していた。播磨の三木家をはじめ、味方をする勢力も多く、足利将軍家を凌《しの》いで、実質的に天下のまとめ役を務めていた。

それがいつしか衰退し、織田に敗れて、畿内からも追い払われ、今では阿波と讃岐の半分を押さえるのが精一杯である。長慶もその息子たちも亡くなり、結局、義堅が後を継がざるをえなくなった。

一時はあの織田と誼《よしみ》を結んだこともあり、義堅は屈辱的な立場に置かれていた。

光秀が京に乱入した時、義堅が動いたのも三好の衰亡をここで食い止めると思ってのことだ。

義堅は信長が死んだと確信して、阿波、讃岐で兵を動かし、織田に味方する勢力を叩いた。あわせて遠縁の三好康長を味方に引っ張り込んで、阿波の守りに置いた。

毛利家との関係も強化し、七月には共同で淡路を攻め、これを支配下に置いた。

ようやく再度、畿内に進出できると思ったのであるが、残念ながら、そこが頂点であった。

織田の攻勢を食い止めるのは困難で、義堅は窮地に立たされてしまった。

やはり、信長が死んだと早合点して、兵を動かしたのがまずかったのか。

それとも阿波に追い込まれた時点で、織田と和議を結び、四国の支配権だけでも認めてもらえばよかったのか。いや、もしやすると……。

後悔の渦に巻きこまれそうになって、義堅は首を振った。ここで、過ぎた出来事を振り返っても意味はない。

「毛利はどうだ？　動いているか」

「気配はありません。淡路で負けた後は、水軍も引っ込んだままで」

「兵を出すという話は反故《ほご》か。隆景め」

義堅は小早川隆景と会って、織田に攻められた時には援軍を出し合うことを約束していた。淡路では水軍を出してくれたが、それ以後は使いを送っても、早いうちに兵を動かすと言うだけで、何もしようとはしなかった。

「ここで負けるわけにはいかぬ」

義堅は村詮を見た。

「明日、使いに行ってくれ。何としても毛利に兵を出してもらう。織田を打ち破るには、西国が力を合わせねばならぬ」

「御意《ぎよい》」

「儂《わし》は、香西と安富に使いを送る。このまま見捨てられてはかなわぬ」

義堅は立ちあがった。

三好の血をここで断つわけにはいかない。何としても織田を打ち破り、阿波と讃岐を守る。

九

一一月一〇日　備後神辺城

「三好に兵は出さぬのか」

問われて、小早川隆景は静かに応じた。

「出しませぬ。そのゆとりはありませぬ」

あらかじめ用意していた答えであり、口にすることにはためらいはない。

それでも心に痛みは残る。

「そんな顔をするな。おぬし一人が悪いわけではない」

福原貞俊が声をかける。声色《こわいろ》はやわらかく、表情も柔和であった。

貞俊は、九月の終わりに、この神辺城で隆景や吉川元春らと話をした後、一度、本拠の吉田郡山《よしだこおりやま》城《じょう》に戻って輝元と話をし、さらに伯耆尾高城に入って元春と現状について語りあった。この神辺城に現れたのは、その結果を輝元に話した後だ。

長旅がつづいて、老いた身体には堪えたはずだが、疲れた様子はまったく見てとれない。

常日頃、毛利家の為ならば、何をしても疲れないと語っていたが、それは本当のことなのだと思わせるふるまいだ。

「三好の件は、殿も承知しておられる。ここで、兵を動かせば、備中、備後のみならず、出雲や石見も危うくなる」

隆景は、吉田郡山城の輝元に使いを出し、三好家の処遇について説明し、了承を得ていた。

援軍は出さず、阿波や讃岐で三好が大敗することがあっても放っておくという考えだ。冷たい判断のように見えるが、情勢を考えればやむを得ない。

「備前には、羽柴筑前の兵が留まっており、我らが動けば、すぐに襲いかかってこよう。またたく間に岡山城は落とされ、備中、備後の城も危うくなる。この神辺城もな」

貞俊は淡々と語る。

「さらに言えば、山陰道で万が一のことがあった時に、兵を回すことができない。吉川駿河は、尾高城に留まっていて、よく明智勢を押さえていてくれているが、何が起きるかはわからぬ」

「まったくです」

正直、山陰道で元春が敗れて、伯耆の大半を失ったのは誤算だった。羽衣石城を攻め落とすのはむずかしくとも、天神川から西の地域は守ってくれると思っていた。

まさか、杉原元盛が寝返るとは思わなかった。

家中にもめ事があることはつかんでいたが、それが家中を割るほどの大事になるとは思わなかった。

手引きしたのは、光秀だろう。うまくやられてしまった。

八橋城が織田に味方したことで、元春は退路を断たれて、危機的な状態に陥《おちい》った。追い込まれて大きな犠牲を出し、無事に尾高城に入ったのは八〇〇〇あまりだった。

吉川元長をはじめとして負傷した将も多く、立て直しには時間を要する。

「正直、雪が降らなければどうなっていたか。織田勢の攻勢を支えきれなかったかもしれません」

「向こう二ヶ月は、敵味方とも動けぬ。我らにとっては幸いであった」

「ですが、何が起きるのかわからないのが、今の山陰道。気を配っておきませぬと」

伯耆が壊乱《かいらん》したことで、美作や備中はもちろんのこと、出雲や石見の国衆も揺れ動いている。織田につくと言い放って、尾高城攻めに手を貸した草刈重継《しげつぐ》のような者もいる。

国衆がいつ敵に回るかわからない情勢下では、雪につつまれていても安心はできない。

「苦しいな。この流れ」

貞俊は息をつく。

「山陰道では追い込まれ、山陽道でも羽柴筑前を相手に手も足も出ぬ有様。ここで三好が敗れて、讃岐、阿波が織田の手に落ちれば、我らは一段と苦しい立場に追い込まれる」

讃岐の水軍が敵に回れば、海を渡って、備後や安芸が攻められることもありうる。

伊予の河野家や村上水軍が味方についていても、支えきれるかどうかわからない。

それればかりか、彼らが裏切って、毛利を攻めるかもしれない。生き残るためには、手段を選んではいられぬ情勢だ。

「さて、この先、どうしたものか」

貞俊は隆景を見つめる。

「算段はあるのだろう」

「前にも申しあげましたとおり、何とか織田勢を叩いて押し込み、頃合いを見て和議を結ぶよりありますまい」

「それは、九月の話。この二月《ふたつき》で、事情は変わった。聞きたいのは、その後のことよ」

貞俊は切り込んできた。

ごまかしは利きそうになく、ここは本音で話をするよりない。

「思い切って版図を手放すよりないかと」

隆景は語気を強めた。

「備前、備中、伯耆、出雲、美作。ここまで渡さねば、和議を結ぶことはできますまい。織田の勢いは本物。押さえるのは相当にむずかしいと見ております」

「やはり、そうか」

「幸い、山陰道は、雪につつまれて身動きが取れませんし、山陽道も羽柴筑前が動かず、様子見に徹しております。今、ここで我らから動き、織田に和議を申し入れれば、うまくまとまるやもしれませぬ」

毛利の総力を挙げても、織田を打ち破ることはできない。戦力の差は大きく、これを逆転させる方法は存在しない。

和議を結ぶのであれば、今しかなかった。

思い切った提案をして織田の関心を誘い、できるかぎり有利な条件で、話をとりまとめる。今のうちにできることをすべてやれば、何とか毛利家を残すことはできるだろう。

「結局、五月に結んだ和議と同じになるわけだ」

「そういうことです。我らは信長が死んだと思い、話をご破算にして攻めたてた。それで版図を取り戻しましたが、結局は追い込まれて、元に戻ったということです」

「悔しい話だが、致し方ないか。あくまで和議を結ぶことを考えるのであればな」

「はい」

「だが、それ以外の道を選ぶとなると、話は変わってくる」

そこで貞俊は目を細めた。

「羽柴筑前からの話、どう思うか」

「本気と見ます。少なくとも嘘はついていないかと」

「動くのか」

「おそらくは」

一〇月の半ば、隆景は秀吉と会った。

接触を求めていた時、いきなり秀吉本人から人を通じて話が来て、備中高松城に近い最上本山龍《もがみほんざんりゅう》泉寺《せんじ》で対面することになった。

正直、隆景は驚いた。

まさか、この時期、秀吉が自ら敵地に足を踏み入れ、敵の将と話をする気になるとは思わなかった。

会った時、このことを信長は知っているのかと訊ねると、まったく知らせておりませぬ、露見したら首が飛びますなと、からから笑いながら語った。

思い切って動いたからには、それなりの理由があるとは思っていたが、実際、彼が告げた話は驚くべきものだった。

「織田家中はぐらついております。我らが思っているほど、一枚岩ではございませぬ」

「話は聞いていた。まさか、それほどとは」

「一族や、かつて近くにいた者たちは、信長のやりようをよく思っていませぬ。森兄弟からは恨み節もあがっております」

　秀吉は、驚くべきことに、かつて信長の小姓を務めた人物を連れてきた。彼はあしざまに今の信長を罵《ののし》り、かつての栄光を懐かしんでいた。

　一族の不満はさらに大きく、畿内にもらえるはずだった土地が手に入らず、一様に怒りをおぼえているようだった。合戦より、身内への配慮をとあからさまに声をあげている者もおり、秀吉を通じて、隆景はそうした不満を書き記した書状を手にしていた。

「理由は何だ。京の騒乱か」

「いえ、その前から、織田はきしんでいたのでしょう。我らが気づかぬ所で。思いのほか、それは深く、光秀が動かずとも、織田を中から突き崩したものかと」

　急激に大きくなった織田家を、信長は本当にまとめあげていたのか。今となっては疑問である。

　隆景が考えていた以上に、信長の視野は狭かった。もしやすると、信長は本気で天下静謐《せいひつ》を考えたことはなかったのではないか。

　境目争いに勝ちつづけていることだけを考えているうちに、版図が果てしなく広がってしまい、それをとりまとめようとする意志には欠けていた。だから、家中がおかしなことになったのではないか。

「征夷大将軍にさして興味がなかったのも、境目争いと直にかかわっていなかったからでしょう。役にたたぬのなら、そんなつまらぬ役職、背負うのは馬鹿馬鹿しいと考えていたのかもしれませぬ」

　武家の棟梁として、津々浦々に目を配るという考え方そのものが欠けていた。そう考えれば、朝廷からの申し出に冷淡だったことにも説明はつく。

　いったい、織田信長とは何だったのか。

　本当に天下をまとめることを目指した魔王だったのか。

　その問いを、自分たちは真剣に考えてみる必要があるのではないか。

　隆景が語ると、貞俊は腕を組んだ。

「言いたいことはわかる。だが、それは、事が落ち着いてからのこと。今、そのゆとりはない」

「確かに、おっしゃるとおりで」

「大事なのは、羽柴筑前の動きよ。本当に、かの者は当てになるのか」

「わかりませぬ。されど、このまま何もせずということはないでしょう」

　秀吉は、京の騒乱以後、沈黙を守っている。

　明智勢の動きにあわせて、山陽道で押せば、毛利勢は壊滅的な痛手を受けた上に、阿波、讃岐の攻略も早く進んだはずなのに、兵を動かす気配すらみせなかった。

　逆に隆景と会い、腹の内を明らかにしている。

　明らかに含みのある動きで、信長に忠義を尽くしているとは言いがたい。

「羽柴筑前に裏があることは確か。ですが、それが毛利のために役立つのであれば、使えるだけ使えばよろしいかと」

「そうだな。すべては、御家大事か」

　父である元就が作りあげた毛利家。それを最後

まで守りとおすことが隆景の使命だ。できること
は何でもするのは当然のことである。
「それで、羽柴筑前のいう切札はどうなのか」
訊かれて、隆景は懐《ふところ》から書状を出して渡した。
貞俊は一瞥《いちべつ》して、顔色を変える。
それがすべてだった。

一〇

一一月一二日　勝瑞城

「三好康俊、討死。討ち取ったのは織田家中、池田照政。康俊、討死」

どよめきがあがって、戦場の空気が大きく揺らいだ。膠着《こうちゃく》していた流れが一瞬で塗り変わり、一方へと傾いていく。


斎藤利三の見る前で、騎馬武者が一団となって、三好勢に迫り、その前面を食い破る。

先頭の武者は槍を振るって、敵をなぎ倒し、ひたすらに前に進んでいく。それは、中華の国にいたという伝説の武将のようだった。

対する三好勢は、織田の勢いを抑えきれず、後退に入った。士気は一瞬で低下し、騎馬武者も足軽も踏みとどまることができずにいる。

三好康俊と言えば、勝瑞の城主、三好康長の嫡男であり、長きにわたって阿波岩倉城を守って、その武勇は知られていた。康長が三好に返り咲くと、父に従って、阿波に入り、手直しした住吉城を守っていた。

大物であり、その死が衝撃を与えることは容易に想像はつく。

「しかし、あの池田三左衛門がやってのけるとは。

驚きであるな」

利三は、何度か照政と会ったことがある。

いかにも若武者という風情で、恐れを知らぬ豪快なふるまいが目を惹いた。

先走って討ち取られなければいいのだがと思っていたが、それは余計なお世話だったらしい。

一軍の将を討ち取ったのであれば、大きな手柄だ。

「このまま押し切りたいところだ」

せっかく照政が勢いをつけてくれたのであるから、何とか生かして、決定的な勝利をつかみたい。

利三が視線を転じると、敵味方が入り乱れるその先に、勝瑞城が見てとれた。

天守はなく、目立つのは矢倉と城館だけであるが、その大きさはひときわ目を惹く。

味方の先鋒はすでに城門付近に達しており、先刻から激しく鉄砲の音を響かせている。

右翼の毛利長秀勢も、攻勢を強めており、騎馬武者の一団が長柄勢の陣地をさんざんに打ち砕いていた。

勝瑞城をめぐる戦いは、一〇日目にして佳境を迎えていた。周囲の城との連携はすでに断ち切られている。

今日は五〇〇の兵が出てきたが、それは少しでも抵抗して織田勢に押し込まれまいとするためで、積極的に打ち破って、勝利をつかむためではない。

破れかぶれであり、そのように前後を顧《かえり》みない戦をしたからこそ、三好康俊は取り囲まれて、討死したのである。

勝瑞城は平城であり、その守りは堅くない。勢いに乗って攻めたてれば、突破できるはずだ。

利三は、味方を引き連れて前に出た。

城の近くで声があがり、一宮長門守成助《ながとのかみなりすけ》の手勢が堀を越えて、石垣にたどり着いていた。

三好勢が鉄砲で攻めたてても、まるで気にするそぶりを見せない。ひたすら前に進んでいる。

「やるではないか」

一宮成助は、阿波小笠原家の末裔《まつえい》で、一宮城の主として、阿波で名の知れた武将だった。

一時は阿波の半分を抑える勢力であったが、三好家家臣との戦いに敗れて、本拠である一宮城を追われた。何とか復帰を果たすと、その後は三好義堅と阿波に入った三好康長と戦っている。

京の騒乱で、阿波が混乱した時、成助は三好にも長宗我部にもつかず、中立を保っていた。毛利が声をかけても応じなかったと言う。

それが、ここへ来て、織田に与《くみ》して、勝瑞城攻撃に参加している。

成助が味方についたことで、去就が定かでなかった国衆が織田に加わり、三日あまりで、阿波の情勢は大きく変わった。

驚くべきことに、一宮を味方につけたのは、あの信長だった。光泰に書状を書かせ、そのまま何事か言い含めて使者として送り、説得に当たらせた。

その後、一宮家中で小さな騒動があり、成助が家臣を罰したという知らせが入ってきた。

何をしたかはよくわからない。あの信長が口にすることはなかったし、光泰に訊いても、決して教えてくれなかった。

それでも、一宮を動かしたという事実は残る。

利三は、よくわからなくなってきた。

光秀が認めるだけの何かを持っているようにも見えるが、ただ無謀にふるまっているだけとも考えられる。

阿波征伐に全力を挙げているが、それは深く考えてのことなのか、それとも、ただ思いつきで動いているのか。心情を読み取ることができずにいる。

ただ、それを言うならば、かつての信長もそうだった。家臣に対しても本心は語らず、勝手気儘《きまま》にふるまう。夜叉《やしゃ》のように残虐にふるまうこともあれば、驚くほどの繊細さをみせて家臣を気づかう。単純には割り切れない何かを持っていた。

利三にとって、織田信長とはどのような存在なのか、今、改めて突きつけられている。

それがわかれば、あの信長に対して、どのように応じればいいのか見えてくるように思える。

「敵が来たぞ。七条勢」

高い声に、利三が顔を向けると、勝瑞城から騎馬武者の一団が飛び出してきた。

七条兼仲の旗が見える。

城に取り憑《つ》いた一宮勢を叩くつもりらしい。

「そうはさせない」

逆にこちらが叩いて、一気に勝負を決める。

利三が味方に声をかけようとした時、彼の手勢を追い越して、一〇騎の騎馬武者が勝瑞に向かった。

旗は白地に鶴紋。

蒲生賦秀だった。

一一

一一月一二日　勝瑞城

七条兼仲が偃月刀《えんげつとう》を叩きつけると、騎馬武者の頭を守っていた兜《かぶと》が異様な形に歪《ゆが》んだ。

割れはしなかったが、中央部が激しくへこむ。

白目を剝《む》きだしにして、武者は馬から落ちた。

噴き出した血が顔を覆い隠す。

つづいて、兼仲は横から迫る足軽を薙《な》ぎはらった。首が高く舞いあがって、胴体の傍《かたわ》らに落ちる。それでも身体は、首が切り離されたことに気づかなかったのか、しばらく歩いていたが、風が吹きつけると、見えない手に押されたかのように倒れた。

「たわいもない。織田勢とはこの程度か」

兼仲が声を張りあげると、織田の武者は一様に下がった。

「懦夫《だふ》は下がれ。我は、裏切り者を誅《ちゅう》する」

一宮成助を倒し、勝瑞城を守る。それが彼に課せられた役目だ。

逆に言えば、それだけになってしまった。

板西城から勝瑞城に入った兼仲は、城を守って織田勢と戦った。二度、三度と城外に出て、迫る敵勢を追い払い、味方の退却を助けた。

兼仲の戦いぶりはすさまじく、織田勢にもその名が轟《とどろ》くほどだった。城主の康長も、彼の働きぶりは褒めてくれた。

しかし、退勢を覆すことはできなかった。織田の締めつけは厳しくなる一方で、板西城や矢上城との連絡は絶たれた。

住吉城は織田勢に打ち破られて、城兵はほとんどが討ち取られてしまった。

三好康俊も、先刻の戦いで討死した。

勝瑞城は孤立し、敵は城門のすぐ手前まで迫っている。押し返すのはむずかしいし、たとえ押し返しても、その先の軍略が立てられなかった。

「せめて、讃岐からの兵が来てくれれば」

いったい、どうなっているのか。

織田に食い止められているのならば、相当に厳しい流れになる。

萎《な》える心を鼓舞《こぶ》するべく、兼仲は声を張りあげる。

「どうした、織田の者。我を打ち破ってみようという者はおらぬのか」

織田の武者は遠巻きにして、近づいてこない。

「我の目が黒いうちは、勝瑞は守り抜く。さあ、名を挙げたい者はかかってくるがよい」

「では、我が」

一騎の若武者が織田の武者を押しのけて、前に出てきた。胴丸も草摺《くさずり》も小手も黒で、さながら夜の闇から抜け出してきたかのように見える。

前立のない兜は、なまじ中途半端な飾りがないだけに目を惹く。

骨太な体格で、太い腕や厚い胸を見れば、鍛えあげていることがわかる。

これは戦い甲斐がありそうだ。

「我は、蒲生忠三郎賦秀。尋常に勝負」

「名は聞いている。信長の腰巾着《こしぎんちゃく》だな。主もろとも、その首、勝瑞の前に並べてやる」

兼仲が馬を走らせると、賦秀も前に出てくる。

一瞬で間合いは詰まる。

「その首、もらった」

兼仲は偃月刀を振るう。

強烈な一撃だったが、賦秀は槍でそれを払った。

そのまま右に馬を寄せ、突きを放つ。

兼仲の袖を穂がつらぬく。

幸い先端で、怪我はない。

しかし、渾身《こんしん》の一撃を振り払われたことに対する怒りで、兼仲の頭は煮えたぎっていた。

力比べて負けるのははじめてで、それが何とも腹立たしい。

偃月刀を振るうも、賦秀はあっさり下がってかわす。

肩をねらった一撃も避けられてしまう。

賦秀は、巧みに馬を操って、右から攻めたててくる。

足をねらった一撃は偃月刀で交わすも、すぐに頭を攻められ、前立が砕かれる。

できる。この武者、並ではない。

兼仲は馬を下げて、間合いを取った。

賦秀も無理して追わず、その場に留まる。

合戦の最中であるにもかかわらず、いつしか彼らの周りには将兵が集まり、固唾《かたず》を呑んで、戦いぶりを見守っていた。

それだけの価値はある。兼仲でも同じようにふるまうだろう。

「さて、どうするか」

兼仲の怒りは急速に醒め、意識は自然と目の前の敵に集中していく。

この若武者は強い。

鍛えれば、兼仲と同じか、それ以上の武辺者になる。いずれ戦国の世に名を残すだろう。

「だが、それは生きていれば、の話だ」

ここで兼仲は若武者を討ち取る。

生かしておけば、味方がどれほどやられるかわかったものではない。完成していない今ならば兼仲が優っており、正面からの撃ち合いならば決して負けはしない。

腹をくくると、兼仲は賦秀を見つめる。

表情は面当てに覆われて確かめることはできない。しかし、漂う殺気で、その容貌が引き締まっていることは想像がつく。

「行くぞ」

兼仲が馬を出すと、賦秀も飛び出してくる。

黒の具足が目前に迫ったところで、偃月刀を振るう。

賦秀は下がってかわし、槍を突き出す。

その先端を払いのけたところで、頭をねらって、必殺の一撃をかける。

賦秀は槍で払う。

鈍い音を聞き取ったところで、もう一度、兼仲は上から攻める。

賦秀が槍をかざして受け止める。

刀と穂先がからみあったところで、兼仲が力を込めると、賦秀の槍は中央から折れた。

「もらった」

やはり槍は傷んでいた。これで決まりだ。

偃月刀を頭上から振りおろすと、それを待っていたかのように賦秀は下がった。

その時、腰の脇差を引き抜き、そのまま投げつけてくる。

意外な動きに、兼仲の反応は遅れた。

避けることができず、肩に脇差が突き刺さる。

痛みを感じた時には、賦秀が彼に迫っていた。

馬を寄せると鐙を蹴って飛びつき、兼仲を地面に引き倒す。

衝撃で面当てと喉当てが飛ぶ。

うめき声をあげながら、兼仲は偃月刀を握る手に力を込めたが、その時、すでに賦秀は馬乗りになって、彼を見おろしていた。

太刀を引き抜き、冷たい目で見おろす。

冬のやわらかい日射しが頭上で輝いた時、兼仲の意識は彼が愛した阿波の地から永遠に消え去った。

一二

一一月一二日　勝瑞城近辺

光泰が一久の前に駆けよってきて膝をつく。その顔は興奮で赤く染まっていた。

「お味方が、勝瑞城本丸を落としましたぞ」

声はわずかに震えている。

「城主の三好康長は腹を召したとのこと。七条兼仲、川島惟忠《かわしまこれただ》は討死。そのほかの将は、勝瑞から逃げるか、我らに下っているとのことです」

光泰の声がひときわ高まった。

「我々の勝ちです。阿波は我らの物です」

周囲から声があがる。

陣幕に囲まれた信長の本陣には、一〇名を超える将兵がおり、全員が固唾を呑んで光泰の報告を聞いていた。勝利と聞いて、興奮している。

冷静な太田牛一《おおたぎゅういち》ですら立ちあがって、傍《かたわ》らの武将と勝利を喜んでいる。

醒めているのは、一久だけだった。

「慌てるな。まだ戦《いくさ》が終わったわけではない」

いつもと変わらぬ口調で、彼は声をかけた。

「まだ勝瑞の城を押さえたわけではない。勝ち鬨《どき》を揚げるのは、三好勢を討ち取り、回りが落ち着いた時だ。矢上にも敵は残っている。気を抜くのは、まだ早い」

「も、申しわけありませぬ」

「まずは、勝瑞がどうなっているか確かめる。十次郎、おぬしが行け。その目で、戦が終わっているのかどうか確かめてまいれ」

「御意《ぎょい》」

深く頭を下げてから、光泰は一久の前から立ち去った。いつもと同じく機敏な動きだ。

つづけざまに、一久は下知を出し、小姓を走らせた。近辺が手薄になるが、それは致し方ない。

幸い、阿波の戦いは、織田が優位に立っている。勝瑞はほぼ陥落し、その南方の住吉城も毛利長秀が落とした。

矢上城には、中川重政と高山右近が押し寄せており、今日明日中には城門を突破できると考えられている。

板西城は、津田信澄と、長軀、進出してきた長宗我部勢が共同で攻めており、これも陥落寸前である。城主の赤沢宗伝は奮戦しているが、長くは保たないはずだ。

坂西より西の城は、すでに長宗我部勢が落としており、一久が軍勢を繰りだす必要はなかった。

そのあたりの事情は、昨日、香宗我部親泰が一久の陣所を訪れて話をしてくれたので、よくわかっていた。

親泰は陣中見舞いとの理由で訪れたのだったが、元親の動向や讃岐の情勢について語り合っているうちに、いつしか軍議になっていた。

思わぬ展開に一久は冷や汗を流したが、それでも織田と長宗我部の関係良化を確かめることができたのはよかった。

勝瑞が落ちれば、大勢は決する。様子を見ていた国衆はこぞって織田に味方し、三好勢は阿波から居場所を失う。おそらく讃岐の義堅と合流するだろうが、そちらでも国衆が背いて、苦しい立場に立たされるであろう。

すでに長宗我部元親は、香川之景とともに、讃岐の西を制圧し、先鋒は十河城に迫っている。周囲を敵に囲まれれば、義堅も長くは保たないはずだ。

讃岐と阿波の戦は、間もなく終わる。

手に入った領土は、元親と話しあった上で、織田と長宗我部がそれぞれ支配することになる。

一久は大きく息をついた。

雲が日射しを隠して、空気が冷える。

さすがに冬だけあって、寒さが堪える。

裏起毛《うらきもう》の靴下が欲しいところであるが、当然のことながら存在しない。ここは耐えるしかなかった。

「ようやく、ここまで来たか」

一久は、正面の勝瑞城を見つめる。

喊声《かんせい》は明らかに減っており、兵の動きも鈍くなっていた。本丸にあがった煙は、先刻よりも濃くなっており、時折、炎も見てとれる。

城の西を守っていた敵勢は、もう見えない。賦秀が七条兼仲を討ち取ると、戦意を維持できず、ばらばらになって逃げていった。

光泰には厳しいことを言ったが、勝瑞をめぐる戦いはもう終わりだ。今日の夜には、城に入れるだろう。

それは、史実の信長ができなかったことだ。

毛利を叩いた後は、四国に転戦するはずだったが、その前に本能寺の変にあって、その身体は紅《ぐ》蓮《れん》の炎に焼かれた。秀吉が四国討伐にかかるまで、阿波は長宗我部が支配していた。

今の一久が見ているのは、史実とは大きくかけ離れた、誰も知らない情景だ。

教科書にも歴史書にもない。

道しるべはどこにもなく、行き着く先は誰にもわからない。

それでも、一久は突き進む。

信長として。

彼が心に描いている信長であれば、ここで足を止めるようなことはない。四国を平らげ、毛利を倒し、九州を掌中に収めて、武力を持って、日の本を手に入れるはずだ。

突っ走り、最後は前のめりに倒れる。それが真の姿である。

一久の脳裏に、記憶がよみがえる。

酒に酔い、小姓と戯《たわむ》れる様が。おぬしには丹波、おぬしには和泉、おぬしには播磨と、戯れに与える国を示しながら、大笑いする声が。

それは堕落だ。老いて享楽に流され、しかも、それを当然のこととして受けいれている。

ほんのわずかに記憶があるから、はっきりとわかる。

信長は天下について考えていない。それは、堕落したからでなく、そもそも広い世界に思いをはせてはいなかったからだ。

視野は驚くほど狭かった。

だからこそ、一久は思う。

そんな信長は、あってはならないと。

常に苛烈《かれつ》に、常に前に。それこそがあるべき姿であり、一久は、最後までつらぬくつもりだった。

「馬を引け。出る」

一久が床机《しょうぎ》から立ちあがると、それを待っていたかのように、若い侍が駆け込んできた。

太刀は差しているものの、具足は身につけていない。一見して、旅装であることがわかる格好だ。

顔は赤く、額は汗で濡れている。委細をかまわずに走ってきたのか、息は切れ、肩は激しく上下していた。

「申しあげます」

若侍の顔には、見おぼえがあった。

光秀の側近で、よく使番として用いられており、重要な話をする時には、必ず彼を寄越していた。

確か、名は妻木頼忠と言った。

光秀に従って、伯耆にいるはずの若武者がここにいる。それは、よほどの事態が生じている事を意味する。

「何があった！」

一久が声を張りあげると、頼忠は頭を下げ、大きな声で応じた。

「京の殿からでございます。羽柴秀吉が謀叛《むほん》。兵を挙げ、京に迫ってきております」

「何だと」

秀吉が謀叛だと。馬鹿なぜ、ここで。

「味方する者は多数。そこには……」

丹羽長秀の名があると聞かされて、一久は驚いた。

信長が若い頃から付き従い、尾張の覇権をめぐって織田家中が割れていた時も、一度として裏切ることがなかった武将だ。律儀者として知られており、あの光秀も重く遇していた。

他の誰が裏切っても、長秀だけは行動を共にすると思っていたのに、なぜここで叛旗《はんき》を翻《ひるがえ》したのか。

「いったい、どういうわけで……」

「わかりませぬ。ただ、羽柴筑前が申すには」

若侍はうつむいて、口を結んだ。明らかにためらっている。

ひどく腹が立って、一久は声を張りあげた。

「猿が何を言った！」

「はっ。今の上様は偽物《にせもの》であると。明智日向に操られる傀儡《かいらい》であり、それを我が糺《ただ》すと。そのように申しております」

一久の背筋は、一瞬で凍った。

何も言えぬまま、その場に立ち尽くす。

彼方から城が落ちたという声が響く。
それは、まるで別世界から響く、こだまのように、一久には感じられてならなかった。

（下巻につづく）

VICTORY NOVELS　ヴィクトリー ノベルス

新生！ 最強信長軍（上）

本能寺で死せず

2024年3月25日　初版発行

著　者　中岡潤一郎
発行人　杉原葉子
発行所　株式会社 電波社
〒154-0002　東京都世田谷区下馬6-15-4
TEL. 03-3418-4620
FAX. 03-3421-7170
https://www.rc-tech.co.jp/
振替　00130-8-76758

印刷・製本　中央精版印刷株式会社

乱丁・落丁本は、小社へ直接お送りください。
郵送料小社負担にてお取り替えいたします。

ISBN978-4-86490-251-9 C0293